ISBN : 979-10-97339-48-7

ZUKHABAR

SAMMY ROUSSEL

ZUKHABAR

Roman

Les Éditions du Volcan

À Graziella et Marjorie.

Chapitre I

Il existait un endroit de terres brûlées que les anciens comparaient au cœur d'une forge car une fournaise blanche et vive les dominait. Les terres brûlées échauffaient les corps jusqu'à atteindre leur point de fusion. Dans cet état, les rencontres dans ce désert vous heurtaient comme un marteau sur une enclume. Neuf fois sur dix, elles voulaient votre peau. J'avais donc acquis la certitude que chaque seconde de survie dans cette brûlure vous remodelait à tout jamais.

Je revenais de trois années passées là-bas sur les « terres bréhaignes ». Nos aïeuls les avaient nommées ainsi. Ces premiers colons avaient, pendant des décennies, appris à résister à ces reliefs desséchés. Mon équipe et moi marchâmes dans leurs pas, épousâmes chacune de leurs empreintes laissées dans le sable tels des repères vitaux.

J'arrivais en Métropole et devais tâter le terrain avant l'arrivée des gars. Dans les jours à venir, notre quatuor se reformerait au milieu de la ville et de ses habitants. Nous serions pour eux de parfaits inconnus. Ils ne se douteraient pas que nous étions formés pour effectuer ce qu'ils n'avaient jamais eu le cran de faire. L'Administration clamait que nous étions de la race des braves. Quoi qu'il en soit, la normalité m'effleurait de nouveau. Elle me déconcertait.

J'observai une aile de l'avion, son réacteur trémulait et engloutissait les nuages. L'aéroport se rapprochait et le vent qui soufflait au sol semblait de moins en moins chaud et douloureux au fur et à mesure que se profilait ma ville natale. Depuis le hublot, j'évaluais la distance qui séparait la Métropole des terres bréhaignes, ces deux planètes éloignées et peuplées par des créatures différentes. Au décollage, depuis cette même fenêtre, j'avais vu une dernière fois les étendues désertiques. Pensif, je me surpris à revenir quatre mois en arrière.

« C'était une journée comme une autre, les gars et moi empruntions le désert pour nous rendre au Bastion. Ce matin-là, pour une raison inconnue, le sable s'était embrasé beaucoup plus tôt que d'habitude et nous pressions le pas pour ne pas finir avec les pieds cuits. J'avais pesté à mi-chemin puisque nous avions stoppé net. Frank à l'avant-garde avait repéré quelque chose d'inhabituel et le reste du groupe l'avait rejoint. La morsure chaude du sable traversait ma chaussure avec ses milliards de crocs minuscules. La douleur vive me fit perdre de précieuses gouttes de sang-froid. Les gars ne répliquèrent pas à ma salve d'injures. Ils gesticulaient sur place. Au départ, j'avais pensé que les sautillements étaient une stratégie pour lutter contre la formation de cloques, mais lorsque je fus à portée de mes camarades, je perçus l'excitation dans leurs yeux.

Une gerboise se faisait gober toute crue par un serpent. C'était une étreinte fatale. Un nœud sculpté dans des muscles vigoureux. Le collet se resserrait à l'infini. Écrasait les os dans une crépitation similaire à celle de fines brindilles accusant le poids d'une lourde chaussure. Une mécanique implacable. La seule chance de survie de la gerboise aurait été de ne jamais avoir croisé le chemin de la vipère. Sans doute avait-elle repéré et pisté le mammifère sur plusieurs centaines de mètres. Les gars et moi assistâmes à la fin du rongeur. Le tuyau aspira la bestiole par la tête, puis le ventre aux petits poils clairs et bientôt ce fut au tour des longues pattes. Mingus eut une phrase très juste. Il s'était accroupi pour ne pas perdre une miette de la scène. Lui qui parlait peu, se redressa pour percer le silence du groupe : "Sur ces terres brûlées, il est trop facile de disparaître", dit-il. Alan et Frank analysèrent le serpent repu avec circonspection et, bien qu'il restât immobile, nous le contournâmes avec prudence. »

Je sus que nous arrivions lorsque l'habitacle se refroidit. Le train d'atterrissage vibra en se posant sur le tarmac. Dès ma sortie de l'aéroport, je hélai un taxi. Le chauffeur avait la chemise entrouverte et il suait du front. Je portais un pull. Il me toisa comme si je m'étais échappé d'un asile. Je lui demandai de me déposer sur les hauteurs de la ville à un point très précis. Il grommela, ça ne l'enchantait pas et je lui dis que je lui filerais vingt balles supplémentaires. C'était pour qu'il me fiche la paix. Ce qu'il fit. Il augmenta le volume de la radio, je pris ça pour du mépris. Moi aussi je souhaitais l'ignorer, mais j'avais besoin de contempler la ville. Ma ville. L'adresse était un point de vue panoramique sur la cité. D'ici on la voyait en entier. Chose étonnante, elle semblait plus petite qu'à mon départ, elle avait légèrement rétréci. Ou peut-être était-ce moi qui avais grandi ?

Je n'apercevais que les toits ruisselants de soleil. Je ne distinguais aucun humain sous le béton des immeubles. On entendait monter les bruits de la ville, loin et tout près à la fois. Il y avait des cris, des rires et toujours les klaxons. Je collais enfin ces sons aux souvenirs que j'avais gardés quand j'étais loin d'ici.

Au retour, le taxi baissa le volume et je m'installai à l'arrière. Je ne me sentais pas de regagner mon manoir ce soir. Je voulais me mélanger aux rumeurs de la ville. Je donnai trois billets de dix au chauffeur. Il fila sans politesse et je n'en eus pas non plus pour lui. Je choisis un hôtel deux étoiles pour ce soir. Ce n'était que pour une courte nuit, j'avais l'intention de boire jusqu'à tard. J'avais envie d'alcools mélangés, de n'importe quelle mixture fraîche qui procurait une ivresse douce.

Le mec à la réception forçait son sourire. Il était fatigué de sa journée, il ne s'était pas aéré par ce beau temps et avait envie de débaucher. Néanmoins il avait le devoir de rester poli avec la clientèle. À défaut d'aimer son sourire, j'aimais son sens du devoir. Plein de gens à sa place auraient fait la gueule. Ma chambre était simple avec des couleurs claires et une petite télé accrochée dans un coin.

Je ne traînais qu'une valise, elle était lourde et je la posai sur le lit de l'hôtel qui se creusa sous son poids. Je sortis juste de quoi me préparer, une trousse de toilette et des vêtements pour sortir. L'eau de la douche me glaça la tête et le dos. Elle tombait du pommeau en abondance et ravivait en moi des sensations oubliées. Dans les colonies, l'accès aux sanitaires était limité, l'eau rare malgré la chaleur accablante.

Je me délectais de cet instant et je pensais à Alma. Elle avait dû m'appeler une vingtaine de fois. J'avais laissé éteint mon cellulaire pour m'acclimater doucement à mon ancien monde. Par ailleurs, sans une pratique régulière, j'avais perdu l'usage de ces téléphones mobiles. La douche s'éternisa. Alma voudrait sûrement arroser nos retrouvailles.

Chapitre II

Dans mon verre, la bière tiédissait. Alma venait de m'appeler, elle aurait du retard. Pour tuer le temps, j'étudiais les silhouettes sur la grande place depuis le bar. Les passants, les clients et moi avions tous entre vingt-cinq et trente ans. Cependant, le décalage entre eux et mon apparence me frappa. Ma jeunesse s'était éteinte. J'avais l'impression physique et mentale d'avoir des dizaines d'années de plus. Ils n'étaient préoccupés que par des problématiques mineures. Leurs tronches roses et naïves n'avaient pas encore vécu. Aucun cerne ne s'agrippait à leurs pommettes encore bien lisses. Aucune bile ne déformait leurs mâchoires.

Sous un ciel bleu foncé, la chaleur étourdissait les fêtards du vendredi. Un groupe de filles s'installa à la table voisine. Elles riaient un peu trop fort à mon goût. Le serveur, alerté par leurs piaillements, bondit pour prendre leur commande et les servir. L'aller-retour ne prit pas plus de trois minutes malgré une terrasse bondée. Il faisait le paon, tournoyait autour, fourrait son nez dans leur discussion et lâchait des vannes stupides. Elles se moquaient de lui. La frontière est parfois ténue entre rire avec quelqu'un et rire de quelqu'un. Le serveur ne saisissait pas la nuance.

Le dernier tiers de ma pinte de blonde était devenu une soupe pâteuse, mais je la bus d'une traite. Je sentis stagner dans mon œsophage un liquide tiède et sans bulles. J'interrompis le manège du serveur pour en recommander une autre. De la brune, cette fois. Un mec demanda à m'emprunter une chaise, je lui dis que j'attendais quelqu'un. Une des filles, une rousse un peu rondouillette, me jeta un regard dédaigneux. Elle murmura un truc à sa copine d'en face, qui se retourna sans discrétion. Je ne lui plaisais pas. Je devais ressembler à un animal sauvage. Peut-être même qu'elle me considérait avec pitié. Pourtant le seul individu réellement pitoyable était le serveur. Je le voyais prendre les commandes et balancer des conneries. Il avait un corps de lâche et il indifférait les clients. La rouquine continuait à me regarder en coin.

Des filles, il n'y en avait pas dans les colonies. Soit elles se cachaient, soit un maléfice les avait transformées en sable. Seulement de lointains ersatz d'apparence féminine erraient sur les terres bréhaignes. Elles naissaient la peau déjà bien épuisée et se matérialisaient sous la forme de vieilles dames rongées par la vie et le soleil. Je n'en ai pas vu beaucoup, deux ou trois tout au plus. Elles traînaient des pieds et tournaient chaque matin leurs poitrines affaissées vers l'est. Comme si elles espéraient encore quelque chose de l'aube.

Alma arriva accompagnée de ses quarante minutes de retard. Elle se faufila à travers la foule. Elle était vêtue d'une robe d'été vert anis. Je n'étais pas friand de la couleur mais ça lui allait bien. Elle avait de longues jambes hâlées qui jaillissaient du sol pour grimper dans sa robe. Les filles du groupe stoppèrent leurs couinements et toisèrent Alma. Elles réglèrent leur addition et quittèrent la terrasse. Le serveur leur lança une remarque, elles partaient trop tôt à son goût. Puis il vit Alma et apporta enfin ma pinte. Dans la foulée, je commandai deux schnaps avec du thé glacé et de la glace pilée.

Alma m'enlaça, me tâta les bras et me pinça les joues. Elle fit la lippe d'un air espiègle avant de constater que j'étais plus musclé qu'à mon départ. Visage contre visage, elle me regarda longuement. Elle remarqua que le mien s'était creusé et avait vieilli. Je lui répondis que certains voyages affectaient plus que d'autres. Moi je la trouvais inchangée, mais le lui dire la vexerait. Selon elle, seuls les aliénés ne changeaient pas. Je me contentai de faire un compliment sur son bronzage.

Les retrouvailles avaient toujours une saveur particulière. Nous étions deux membres d'une sphère intime qui s'étaient perdus de vue. Le cerveau fit avec instantanéité son devoir de mémoire. Le souvenir de ses robes colorées et les verres en terrasse m'évoquèrent soudain l'été. C'était l'été lorsque nous avions pris du bon temps ensemble à Solonda, juste avant mon départ.

« L'île détenait un réseau de routes étriquées jalonnées de sources de montagne. Des troupeaux de chèvres laissées en liberté constituaient une autre particularité de la région. Elles passaient les deux tiers de leur temps à boulotter des plantes à l'ombre des chênes et des châtaigniers et le dernier tiers à se vautrer dans les fougères. Nous nous détournions des habitants de l'île, les Solondes, des rustauds peu avenants, mal rasés et trapus. Ceux-là toisaient les provinciaux dans notre genre. À la place des yeux, ils avaient des billes de plomb bien enfoncées dans leur crâne. Leur passe-temps favori consistait à transformer les panneaux en égouttoir pour signaler aux touristes les coins à éviter. Plus il y avait de trous dans la signalisation, plus il y avait de fusils dans les parages. Poutant je ne m'inquiétais pas de tomber nez à nez avec un Solonde. Je voyageais en compagnie d'Alma Van Verdriet et elle était en capacité de rabattre le caquet de n'importe quel type. Elle pouvait embraser l'île à elle toute seule. Sur le bateau, j'avais débriefé sur les locaux. Mais il était plus rapide de tuer un âne à coups de figues molles plutôt que d'attendre qu'Alma mette son ego en veilleuse.

L'après-midi, nous allions à la rivière, l'eau de la montagne était le meilleur bouclier contre la chaleur. Une multitude de plantes griffues et odorantes parsemaient les sentiers qui longeaient la rivière. Ainsi, tandis que nous suions à grosses gouttes, le calicotome nous lardait les mollets et la chaleur des pierres transportait jusqu'à nos narines les arômes ambrés dégagés par les cistes et les immortelles.

Notre havre de fraîcheur se dotait d'une étroite plage à l'eau translucide. Il était cerclé de petites falaises où se détachait une minuscule cascade d'une plateforme pierreuse en contre-haut. Au milieu, gisait un imposant rocher blanc et rond. Un ventre de cétacé. Le bouillon de la cascade avait alangui mon corps et je m'allongeai à plat ventre sur le monstre marin. Quand je fus immobile, je cédai à la contemplation des lieux. Des gerris répétaient leur ballet parfaitement chorégraphié à la surface de la rivière. Un mètre en dessous, des petits chevesnes se disputaient une larve porte-bois, jusqu'à disparaître dans une cavité sous la berge. Dans le prolongement de celle-ci, le corps inerte d'Alma reposait sur la plage. L'endroit n'était pas désagréable.

En fin de soirée, le dernier jour, nous étions assis sur la plage à surveiller la mer. Rien n'agitait ce drap sombre, parfaitement tendu et repassé. Alma avait rangé les cadavres de bières dans la glacière. Nous en avions éclusé huit et je finissais la dernière du lot. Avec mon autre main, je canardais la mer avec des coquillages et des petites pierres. Alma s'allongea juste à côté de moi et au bout de trois lancers je fis la même chose. Je ne savais plus trop de quoi nous avions parlé. Elle se redressa d'un seul coup, une légère brise de soirée nous refroidissait. Puis, j'eus soudain une impression bizarre. Ses cheveux en bataille s'entremêlèrent d'un seul coup. Sa chevelure agitée par le souffle laissait entrevoir le ciel et la mer. Nous nous prîmes les poignets tendrement, dans une étrange réminiscence de nos aventures passées.

Plus rien n'eut d'importance.

Le lendemain, nous rentrions en Métropole. Deux jours plus tard, je rejoignais une destination moins idyllique. »

— Alors, Zukhabar ? J'ai au moins un milliard de questions, déclara Alma.

Elle prit une gorgée de schnaps au thé glacé avec sa paille.

— Je n'en doute pas, tu m'as bombardé de messages.

— Et la vie là-bas ?

— Rugueuse.

— Tu as dû voir des choses assez dures.

— Ça fait partie du métier.

Elle eut un tic, sa mâchoire se crispa. Je lui demandai si ses parents allaient bien pour contourner le sujet.

— Oui, ils sont en forme, ils vont être contents de te voir. Tu devrais venir manger chez nous cette semaine, qu'est-ce que tu en dis ?

— C'est une bonne idée, merci pour l'invitation mais j'ai besoin de prendre doucement mes marques. Je ne veux surtout pas me précipiter.

— Quel est le problème ?

— Il n'y en a pas, je veux un peu de temps pour moi, c'est tout.

— Tu vas au manoir demain ?

— J'appréhende un peu de retourner chez moi... En plus, il doit être dans un sale état, plus personne ne s'en occupe.

Alma prit un air désolé et effleura de l'index son nez cabossé.

— J'ai essayé pendant un mois après ton départ. Mais ça m'a demandé trop d'énergie.

— Ne culpabilise pas, tu as fait ce que tu as pu. C'est beaucoup d'entretien.

Elle but une gorgée de schnaps, titilla le bout de sa paille avec sa langue et finit par la mordiller. Elle faisait toujours cette mimique lorsqu'une question pénible lui trottait dans la tête.

— Tu comptes aller voir ta mère ? lâcha-t-elle.

— Oui, bientôt.

Ses ongles éclataient les gouttelettes de condensation sur son verre.

— Elle n'est pas en forme, tu sais. Après ton départ…

— Je sais.

— Enfin, je veux dire, ce n'est plus la même.

— La clinique est bien au moins ? demandai-je.

— Oh ça oui ! Le personnel soignant est vraiment attentif.

— Bon, tant mieux, je dois la voir lundi.

— Tu ne penses pas que ce serait mieux mercredi ?

— Qu'est-ce qu'il y a mercredi ?

— C'est son anniversaire.

Les quelques bars à chants que j'avais fréquentés se ressemblaient tous. C'étaient bien souvent des rades à l'ambiance tamisée par les néons. Nous avions dû jouer des coudes pour nous frayer un chemin vers la seule place de libre. Un vrai bain de foule. Je commençais à développer des acouphènes lorsque nous nous installâmes et regrettais le silence des dunes.

Je compris rapidement pourquoi la table était restée inoccupée, c'était la plus proche de la scène. Derrière ce micro, s'enchaînaient des prestations toutes plus pitoyables les unes que les autres. Les chanteurs se sentaient pousser des ailes, d'autres se prenaient carrément pour des cadors. Lorsque j'en eus marre de subir leurs beuglements, je m'éloignai de ce triste spectacle pour rejoindre le bar. Alma ne voulut pas me suivre au cas où quelqu'un s'approprierait notre table.

Le comptoir, situé au milieu de la petite salle, était une position idéale pour sonder les alentours. Je recherchai une tête connue. Je m'attardais sur les détails perceptibles des visages immergés dans l'obscurité. Et j'abandonnai vite mes investigations. La serveuse prit ma commande. Elle était jeune et tatouée, son anneau planté dans le nez brasillait dans la lumière pourpre des néons. Son sourire aussi était étincelant.

Je pris les deux schnaps au thé glacé et retournai à la table. Alma n'était plus là. Je ne m'inquiétai pas. Elle pouvait s'absenter aux toilettes ou sortir fumer pendant des heures entières. J'arrivais presque à la fin de mon demi-litre de cocktail et ressentais les effets de l'alcool. Alma n'étant toujours pas revenue, je fixais la scène d'où s'échappaient des cris de torture et jetais des coups d'œil par-dessus mon épaule. Un mec vint s'asseoir à côté de moi, je voulais qu'il dégage, mais je n'avais pas la force de m'embrouiller. Depuis mon retour des colonies, je n'avais adressé la parole à personne d'autre qu'Alma. Au début, le gars resta muet, puis il jugea les prestations et chantonna des refrains, hypnotisé par l'écran aux sous-titres fluorescents. Au bout d'un moment, il se glissa à une quinzaine de centimètres de ma chaise, son buste tourné vers moi. Il était si proche que sa voix n'était pas couverte par les cris. Il puait de la gueule, un mélange écœurant de cacahuète et d'alcool à la menthe.

— Toi, dit-il, t'es un milicien, pas vrai ?

— Qu'est-ce qui te fait dire ça ?

— T'as le crâne rasé, t'es affûté, t'es bronzé, je parie même que t'étais dans une colonie.

— Bien vu, le mentaliste, plaisantai-je.

— Non, j'ai de la famille expatriée et un frère qu'est dans les colonies.

— Ah, c'est bien.

— Il lui reste deux ans à tirer, et toi t'y es resté combien de temps ?

— Trois ans.

Il plissa les yeux.

— Trois ans ? C'est impossible, normalement les contrats sont pour cinq ans. T'étais dans quelle colonie ?

— Zukhabar.

— Zukhabar ? Putain…

— Oui.

Il se recula. Ses yeux se déplissèrent et sa bouche remua sans émettre aucun son. Il quitta sa chaise précipitamment et s'éloigna vers le coin le plus sombre de la pièce. J'étais content qu'il parte de lui-même, qu'il disparaisse avant que je m'en occupe.

Je finis par boire le schnaps au thé glacé d'Alma, les gorgées fraîches descendaient toutes seules.

Je voulus lui téléphoner mais il n'y avait pas de réseau. Je fis un tour vers les toilettes des dames. J'attendis devant la porte et actionnai plusieurs fois la poignée. La chasse coula, une fille sortit des chiottes et m'envoya un regard noir.

Comme ma table venait d'être prise, je sortis du bar. Dehors mon cellulaire captait mieux. J'avais plein de messages d'Alma et je la rappelai. Je ne saisissais pas trop ce qu'elle disait, elle parlait de son frère. Elle était partie s'en occuper sans trop de détails. Je ne m'éternisai pas et regagnai l'hôtel. Le chemin me parut long, un type blond me demanda une clope avec agressivité et passa son chemin quand je lui dis que je ne fumais pas.

Une fois arrivé, je laissai ma valise sur le lit et m'allongeai à côté. Je n'eus pas l'énergie de me déshabiller et de défaire les draps.

Un souvenir se raviva dans mon sommeil.

« J'étais sur l'estran à marée basse au beau milieu des milliers de lacs miniatures qui se créaient lorsque l'océan retroussait sa flanelle. Je slalomais entre ces bassins, je cherchais à découvrir tout ce qui frétillait à l'intérieur. Crevettes, balanes, coques, couteaux, crabes et parfois, près des rochers, des tourteaux aussi gros qu'une assiette.

Je tombais toujours sur une algue boursouflée posée sur le sable encore humide. Noire de charbon, elle ressemblait à un oreiller avec de fines cornes à ses extrémités.

Mon père arriva et m'expliqua qu'il s'agissait d'un soupir de chauve-souris. Quand les chauves-souris devenaient vieilles, elles quittaient leurs grottes et se laissaient tomber dans l'océan. Leur dernier souffle se changeait alors en ce que je tenais entre mes mains. J'examinai le carré gonflé avec attention. L'apparente fragilité de la membrane, aussi fine et lisse qu'une bulle, m'incitait à être vigilant. J'avais aussi très peur qu'il s'évaporât. Je délaissai la pêche à l'épuisette pour prendre soin de lui. Je le rapportai à la location en marchant d'un pas lent. Une fois rentré, je le déposai dans un coffret en bois tapissé de coton. Puis, j'appelai ma mère pour lui montrer mon trésor. Je sentis une présence féminine mais ce n'était pas elle. Ma mère n'était nulle part, et quand ma panique fut à son summum, je me réveillai.

Au moment de mon rêve, je devais avoir cinq ou six ans et j'étais parti en vacances avec mon père pendant que ma mère était hospitalisée. Quant au soupir de chauve-souris, ces sacoches n'étaient que des œufs de raie. Je le sus plus tard. De la raie plate et grise. Du poisson que l'on croisait partout. Mon père mentait souvent. »

Chapitre III

Le réveil fut âpre. J'avais les yeux collés et je peinais à les ouvrir pour me lever et déverrouiller la porte. La femme de ménage tambourinait. Il fallait évacuer les lieux ou payer un supplément. Elle m'en informa sans prendre de pincettes. Je comprenais qu'elle devait faire son travail et que j'en étais un obstacle. Pourtant elle aurait dû être contente d'avoir une chambre de moins à faire dans la matinée. Et l'argent que j'avais dépensé dans cet hôtel envahi de punaises servait bien à financer son salaire, non ? Elle pourrait être un minimum sympa. Je réfléchissais trop de bon matin, je n'avais aucune envie de bouger. Néanmoins, je n'avais pas mal à la tête. J'avais bien encaissé le coup de la boisson. Je pris ma valise dans un effort suprême et me remerciai intérieurement de ne pas l'avoir déballée la veille.

Le taxi arriva.

— Le manoir Drascher sur les hauteurs.

Il répéta.

— Le manoir Drascher ?

J'acquiesçai. Il s'étonna.

— Drascher, comme le diplomate ?

Nouveau signe de tête.

Il pigea que je n'étais pas d'humeur à bavarder avec lui. Il connaissait la route qui ressemblait vaguement à un intestin grêle. Il me déposa devant le manoir, englouti sous les lierres grimpants. J'apercevais l'œil-de-bœuf au niveau des combles. La demeure était un cyclope endormi au milieu de hautes futaies. J'allais réveiller la bête.

Je n'avais pas les clefs, je contournai la bâtisse, j'escaladai le portail sans lisse défensive, traversai le jardin, longeai la grande yeuse et m'introduisis dans la véranda par la baie vitrée coulissante. La porte couina et fit vibrer la toiture en crête de coq, elle communiquait avec la bibliothèque. Un peu de clarté frayait son chemin à travers la poussière et les rayons chargés de vieux bouquins. Mystérieusement, la lumière ne parvenait pas à atteindre les dernières étagères. Mon cellulaire n'avait plus de batterie pour éclairer. Je ne croyais pas aux fantômes, bien que, par bien des égards, ma maison avait toutes les raisons d'en abriter. Façon de parler, elle était surtout hantée par les souvenirs. Et suite à mes trois ans d'absence, certains se manifestèrent. Ils m'aidèrent même à m'orienter dans le noir complet. Je franchissais les pièces à tâtons et je me cognais parfois. Mes mains sentaient le mobilier qui ne m'était pas inconnu, les souvenirs firent le reste. La salle de séjour était encombrée de lourds meubles en bois. Le cellier et la grande table monastère hibernaient, digérant ces longues années d'inactivité. Tout s'encrassait, des toiles d'araignée collaient le trumeau au-dessus de la cheminée, scellaient les vitres du buffet deux-corps entre la cuisine et le salon.

Je suivis prudemment l'enfilade et arrivai en bas de l'escalier central. Je m'approchai du vestibule pour atteindre le placard du disjoncteur et rétablis le courant.

« Mon père conservait la même moustache, la même calvitie. Mais ses yeux, d'un vert sec, avaient perdu leur lueur. Ils étaient crayeux. Semblables à deux grosses perles en porcelaine. Curieusement, le fait de le voir étendu m'ébranla. Il avait passé sa vie d'homme fort sur ses pieds et il se tiendrait à l'horizontale pour l'éternité. Ma mère, à côté de lui et de moi, pleurait seule. Après le funérarium, la cérémonie au cimetière fut simple, les mots d'un curaillon – des conneries – et une descente du cercueil dans un trou que l'on recouvrit de terre. Curieux rituel. Une fosse relativement profonde dans laquelle il fallait déposer une caisse rectangulaire faite de bois et de clous. Au-dessus, on érigeait un bloc de pierre, souvent en marbre ou en granit. Juste une stèle dure, froide et lisse, peu sujette à la corrosion. Tout un symbole. Cette sépulture devait résister au temps, être un souvenir indéfectible. L'employé des pompes funèbres nous proposa de regarder une dernière fois le rectangle de chêne. Je n'y tenais pas mais je dus accompagner ma mère jusqu'à la fosse. Les fossoyeurs mirent des plombes à reboucher le trou. J'étais démuni face au silence. L'argile recouvrit peu à peu la gerbe de lys.

Ce soir-là, loin du bourdonnement de la ville, je vis un ciel banal. Une coupole sans étoiles. »

Ma mère avait entreposé les effets personnels de mon père comme des reliques sacrées. Les objets étaient au fond de plusieurs coffres dissimulés dans les chambres. Je ne me souvenais plus trop de ce qu'ils contenaient. Lorsque quelqu'un disparaissait, des images de lui se disséminaient un peu partout, dans la mémoire et sur le papier. Le plus marquant restait l'emprunte chaude des odeurs. À la mort de mon père, les odeurs chaudes disparurent. Seuls subsistaient des bibelots et un peu de papier glacé dans un tiroir ou un coffre. Je comptais me tenir éloigné de tout ceci, surtout ne rien exhumer. Pas de profanateurs, pas de revenants. Mais le manoir de ma famille était un tombeau, que je le veuille ou non. Dès le moment où je franchis le seuil du manoir, j'avais rompu son obscurité et son silence.

Je visitai tout le rez-de-chaussée le temps de faire charger mon cellulaire, la plupart des ampoules étaient cassées. Des moutons gris traversaient les couloirs de part en part, aussi sphériques que des virevoltants dans le désert, balayés par le vent. Tout se teintait de gris. Je ne pensais pas qu'il y avait autant de nettoyage à faire. Je levai les yeux, des barbes de poussière collante pendaient sous chaque moulure, s'agrippaient à chacune de leurs fissures. Les rosaces du plafond grinçaient telles les mâchoires de vieux messieurs.

J'évaluai l'ampleur des tâches à accomplir pour restaurer le manoir. Je ne pris pas le temps de visiter l'étage. Je n'en avais pas le courage. Je restai accablé dans le vestibule à contempler l'escalier qui menait aux parties supérieures. Seule l'une des deux statues-torchères éclairait encore, l'autre avait perdu sa poitrine et sa lumière. Jadis, elles représentaient des porteuses d'eau. Dans cette demi-obscurité, je voyais les balustres en cipolin vert, toutes lézardées. Au-dessus de l'escalier, le blason de l'Administration se distinguait mal. Le labrys et la pelta.

Mon téléphone rechargé, j'appelai Alma.

— Je suis en pause, tu es au manoir ?

— Oui, il s'est passé quoi ? demandai-je au sujet de la soirée d'hier.

— Ce n'est rien, Ruben a refait une crise. On l'a emmené aux urgences, il va être hospitalisé, m'informa Alma.

Sa voix inhabituellement calme indiquait que sa mauvaise nuit avait pompé une partie de son énergie.

— Combien de temps ?

— Je ne sais pas.

— Il ne t'a rien fait au moins ?

— Non rien, pas de nez pété cette fois-ci.

Je l'entendais forcer son rire pour dédramatiser. Mais ça sonnait tellement faux que je me sentis stupide pour elle.

— Tant mieux, ça va aller ?

— Ça va toujours moi, un peu dur le travail ce matin... Va t'occuper de ta mère plutôt.

— Je la vois lundi, soupirai-je. Et tes parents ? Tu m'avais parlé d'un repas.

— C'est annulé, ils ont décidé de partir en voyage. De changer d'air.

— Combien de temps ?

— Plusieurs mois. La bonne nouvelle, c'est que j'aurai la maison pour moi toute seule.

— Tu comptes organiser un truc ?

— Je vais réfléchir. Tu prends ton poste quand ?

— Je suis attendu mardi.

— Tu le sens comment ?

— On verra… Pour le moment, je pense à un endroit où me loger, je ne peux pas rester une seconde de plus dans ma maison.

— C'est sûr.

— Je vais faire appel à une société de nettoyage, annonçai-je.

L'idée d'une restauration du manoir rassurait Alma. Elle n'était pas de ma famille et curieusement c'était la seule, désormais, qui restait attachée à cette baraque.

— As-tu une idée où tu pourrais dormir ? demanda Alma.

— Je ne sais pas, sûrement à l'hôtel en attendant. L'Administration doit me proposer un logement de fonction dans peu de temps.

— À l'hôtel ? Ça va te revenir cher avec les frais de clinique.

— Un peu.

— Pourquoi ne prendrais-tu pas l'appart' de Ruben le temps de son hospitalisation ? Qu'il ne paye pas le loyer pour rien.

— Il serait d'accord, tu crois ?

— Oui, si c'est pour toi et que tu fais attention.

— C'est ok.

— Je vais prévenir le gardien de l'immeuble, je ne pourrai pas venir, j'ai une montagne de paperasse à évacuer.

Alma raccrocha. Souvent, il n'y avait ni bonjour, ni au revoir avec elle. Comme si nous étions amenés à nous revoir sans cesse et qu'un lien invisible nous unissait.

Un parfum de lait vanillé envahit soudain les escaliers. L'odeur chaude se substituait au moisi. Le cipolin des balustres reprenait de son éclat. Ma mère faisait des flans pâtissiers lorsqu'elle allait bien. Elle savait que je n'aimais pas la nourriture et que je m'alimentais par nécessité. Ses flans étaient ainsi l'une des rares choses que je pouvais manger sans faim. L'effluve mielleux se gorgeait de sucre à fur et à mesure que je m'approchais de la cuisine. Un rai de lumière orange éraflait les murs. Elle était en train de me préparer ce que j'appréciais.

La cuisine était plongée dans une demi-obscurité et la silhouette s'évapora en un amas de balais, entassés dans un coin, recouverts de vieux torchons. Les casseroles étaient accrochées à côté de la hotte. Tout paraissait froid dans la cuisine, le sol se couvrait de neige grise, le plan de travail était taillé dans un bloc de glace mal dégrossi, la gazinière émergeait à la façon d'un iceberg inexploré. L'idée me parut soudain débile. La clinique ne la libérerait pas. Manger une compote seule était le summum de ses capacités.

Je pris mon troisième taxi en deux jours. En voyant la tronche du chauffeur, je n'eus pas envie de discuter et lui non plus. Il me déposa dans une rue du centre-ville, dans un quartier historique de vieux bâtiments aux architectures spéciales, celles qui étaient mises en avant par les offices de tourisme. La grande porte de l'immeuble était vitrée, avec sur le côté des plaques en laiton, signes d'un immeuble de grand standing. Je fus obligé d'emprunter un sas. Le concierge m'ouvrit, Ruben perdait si souvent ses clefs qu'ils avaient laissé un double chez ce gardien.

« C'est vous, Émile Drascher ? » Je lui répondis que oui. Il me dit qu'il connaissait bien la famille Van Verdriet et qu'il avait déjà entendu parler de mon père. Moi, ça ne me faisait ni chaud ni froid. Tout ce que je voulais, c'était m'allonger dans un lit. Le concierge me donna des clefs avec le code inscrit sur un bout de papier. Il était serviable, mais ma fatigue faisait en sorte de tout me rendre désagréable. Je pris l'ascenseur. L'appartement se situait au sixième. L'immeuble comportait sept étages. Les murs du couloir étaient tapissés d'une moquette en velours rayée vert et jaune. Les numéros n'étaient pas inscrits sur les portes et je tentai de comprendre la logique d'emplacement des appartements. Le cerveau fatigué, je n'arrivais pas à me concentrer sur cette tâche enfantine. Je me sentis stupide et décidai de sonner sur plusieurs boutons. Je préférais passer pour un demeuré quelques secondes plutôt que de rester dans ce couloir pour l'éternité.

Lorsque je fus persuadé d'avoir trouvé l'appartement de Ruben, je toquai à la porte dépourvue de sonnette.

Rien. Avec la certitude d'avoir trouvé le bon, je rentrai la clef dans la serrure. J'entendis le loquet se déverrouiller et une grosse dame avec une tête de grenouille bondit sur le palier. Son tee-shirt blanc floqué d'un « Mère veilleuse » était trempé de sueur. J'aperçus sa brassière par transparence, elle peinait à se frayer un chemin parmi ses bourrelets.

— Kess'vous voulez ? coassa-t-elle.

— Je cherche l'appartement trente-cinq.

Ses yeux globuleux bougeaient horizontalement. J'avais la sensation d'être une mouche sur le point d'être gobée.

— C'est en face.

— Merci, madame.

Des plis apparaissaient sur son front de batracien.

— Z'allez pas causer de problème, vous ?

— Ce n'est pas mon intention.

— Tant mieux, ce sera plus calme qu'avec l'autre. Dit-elle en claquant la porte.

L'appartement de Ruben sentait le renfermé. Il m'était compliqué de définir une origine précise à cette puanteur entre le linge roulé en boule dans la salle de bains, les culs de joint éparpillés sur une table basse constellée de trous de cigarettes et les poubelles pleines du côté de la cuisine. Ruben n'avait pas non plus investi son appartement et, excepté le poster froissé d'un vieux festival affiché sur une partie du mur du salon, il n'y avait pas de décoration. Je n'avais aucune envie de dormir là, mais j'étais rincé et n'avais pas le courage de repartir en quête d'un hôtel. J'avais besoin de repos. Je dégageai péniblement un sac d'ordures plein à craquer de son clic-clac. En le mettant par terre, le sac bringuebala et des cannettes en aluminium roulèrent jusqu'à celles déjà accumulées sous la table basse. Je soupirai. J'étais moins optimiste que sa sœur aînée en ce qui concernait Ruben. Puis je me détendis, il était ce qu'il était mais au moins, lui, Alma et ses parents avaient toujours su tenir le secret. J'allumai la télé, il devait être pas loin de dix-sept heures lorsque je m'endormis.

Chapitre IV

« Le soleil de Zukhabar nous harcelait, il n'y avait aucune zone d'ombre pour nous cacher. Mon polo me collait au milieu du dos, tout mon corps suait, j'utilisai mon avant-bras pour essuyer mon front, la sueur perlait, dégringolait à grosses gouttes et se changeait en boule de poussière au contact du sol. Le désert autour était l'endroit le plus aride que l'on puisse imaginer. L'air mourait dans les rues, la chaleur du jour euthanasiait la fraîcheur du soir et nous crevions de soif toutes les cinq secondes, l'eau étant une denrée trop rare.

Un gars fumait devant le Bastion. Un grand sec avec la boule à zéro et les oreilles décollées. Elles pendouillaient. Quelqu'un avait modelé deux minuscules cercles dans de la pâte à sel pour les fixer à la va-vite sur son crâne rasé. “De l'artisanat de sagouin”, murmurai-je. Les jambes croisées, il me scrutait de haut en bas.

Je rejoignis sa position. Nous étions proches des portes. Gigantesques. Si elles venaient à se décrocher, elles nous écraseraient tous les deux.

— T'es sûrement Drascher, toi, les autres sont dedans. Il pointa du pouce un local près du Bastion. Moi, c'est Frank.

— Enchanté.

À l'intérieur, deux jeunes patientaient, une marmule avec un cou de taureau et un rachitique avec les cheveux gras plaqués en arrière. Ils ne discutaient pas, les quelques interactions se trouvait masquées par le ronflement des ventilateurs. Seules, deux chaises n'avaient pas de propriétaires, je m'en octroyai une et fis un signe de tête dans leur direction en guise de salutation. Arrivé depuis une semaine, je ne savais toujours pas ce que je foutais là. J'avais l'impression d'être une erreur de recrutement, voire un imposteur. Les ventilos séchaient la transpiration sur mon front. Frank rejoignit le groupe. Il puait la clope. Sitôt après, un formateur apparut. Il portait une chemise kaki auréolée au niveau des aisselles. Son teint pâle, marqué de rouge par endroits, subissait le soleil. Il entama l'appel.

— Frank Vermeulen.

— Présent !

— Alan Sedi.

— Présent, souffla le gringalet.

— Émile Drascher.

Frank me fit une tape sur le dos, ce qui me surprit. Tous étaient tournés vers moi.

— Présent, fis-je.

— Lars Baramonte.

— Présent, mais je préfère que l'on m'appelle Mingus.

— Pas de problème pour moi, répondit le formateur.

Je peux même t'appeler Véronique, si tu veux que je t'appelle Véronique.

Frank se marra. Je voyais Mingus se voûter sur sa chaise. Il semblait l'avoir bien pris. J'imaginais que lorsqu'il était enfant il avait dû bien manger à la cantine. Il avait un regard torve et une cicatrice au-dessus de sa lèvre supérieure, au niveau du philtrum, où je devinais la trace d'un bec-de-lièvre. Vu son aspect, je me dis qu'il ne tournait pas rond là-haut.

— Bonjour à tous les quatre. Je m'appelle Marcel Jimbaud. Le formateur se gratta les dessous-de-bras et se passa les doigts sous le nez. On va faire un rapide débriefing ce matin sur ce qui vous attend pendant cette formation et revenir sur les rôles de chacun.

— On ira au Bastion ? interrogea Frank.

— Non, nous irons bientôt, mais on a pas mal de trucs à voir avant. »

Sans le savoir à ce moment-là, je venais de rencontrer pour la première fois mon instructeur ainsi que les trois assistants qui auraient pour mission de m'épauler quoi qu'il advienne.

Aujourd'hui, je devais voir ma mère dans l'après-midi. Elle était ma seule famille. J'avais téléphoné à la clinique pour prévenir de mon arrivée, ils eurent l'air étonné de mon appel. Ils me conseillèrent de passer vers seize heures, après sa sieste. Le soignant au téléphone bafouillait comme s'il avait affaire à un revenant. C'était un peu ça dans les faits. Je dus décliner mon identité, épeler mon prénom. « D'habitude, c'est mademoiselle

Van Verdriet qui vient. » Eh bien aujourd'hui, c'était moi. Et même si Alma apportait les chèques à quatre chiffres que vous avez encaissés chaque trimestre pendant mon absence, c'était aussi moi qui en signais le bas, pensai-je.

L'objectif de la matinée était de trouver un cadeau pour ma mère, je n'avais pas trop d'idées et je me rabattis sur un bouquet de fleurs. Avant de lui rendre visite, je passai chez un fleuriste à un vol d'oiseau de l'immeuble de Ruben. Sur la devanture était marqué « Horizons fleuris » dans des tons pastel. Je vis des couronnes mortuaires, je songeai à en acheter une pour la tombe de mon père. Puis je me ravisai, je n'avais pas le temps d'aller le voir, et là où il était, il avait le luxe de pouvoir patienter. Je me laissai conseiller par la vendeuse, je connaissais beaucoup de plantes mais je ne pigeais rien à la symbolique des fleurs. Elle m'organisa un bouquet harmonieux avec des lys, des mufliers et des hémérocalles.

Alma n'avait pas tenu à m'accompagner. Elle avait en revanche insisté pour me déposer. Elle passa me récupérer vers quinze heures trente et m'expliqua qu'elle ne pouvait pas me ramener à cause d'une réunion. Dans la voiture, elle remarqua le bouquet avant de demander ce que j'avais fait de mon dimanche.

— Hier ? J'ai nettoyé l'appartement de ton frère toute la journée.

— Tu as fait le ménage ? C'était tant le bordel que ça ?

Je ne rentrai pas dans les détails, ne lui signifiai pas que son frère était un vrai porc et préférai minimiser.

— Oui, enfin des trucs qui traînaient, rien de bien méchant.

Elle eut une expression un peu désabusée. Ses épaules s'affaissèrent.

— Je trouvais que Ruben avait fait des progrès ces derniers mois, marmonna-t-elle.

Son corps tout entier se tassait maintenant sur le siège conducteur. Je tentai de rattraper le coup.

— Je t'assure que l'appartement n'était pas si en désordre que ça, j'ai un peu exagéré quand j'ai dit que j'avais passé tout le dimanche à faire le ménage.

Elle esquissa un mince sourire et, doucement, se redressa.

La clinique de La Vaste Plaine se situait sur les hauteurs d'une colline. Comme beaucoup d'endroits similaires, un haut mur surélevé d'une grille clôturait un grand parc. Le genre de lieu paisible avec des pins et des marronniers au-dessus d'une pelouse taillée au cordeau. Le tout formait une sorte de sanctuaire pour écureuils obèses. Ces derniers sautillaient d'arbre en arbre sans craindre de se faire manger par un prédateur.

La dame à l'accueil m'informa que ma mère était au deuxième étage. Je n'aimais pas ce que je voyais dans la clinique. Ces processions de fauteuils roulants et de chariots. Un personnel en blouses bleu clair qui cloîtraient dans leur chambre des gens en plein râle. Ma main se crispa sur le bouquet. Mon père et maintenant ma mère. Je n'avais pas trop envisagé ma visite. Ma prise de poste ce mardi monopolisait toutes mes pensées. Je ne pouvais plus reculer. Il n'y avait que quelques secondes qui me séparaient de la chambre de ma mère. Je cherchai donc le moyen de ralentir mon arrivée. Je vis un distributeur. Je m'arrêtai devant pour prendre une barre chocolatée. Je le faisais par dépit puisque je mangeais peu. Je fouillai mes poches d'une seule main, je n'avais pas de monnaie. Une aide-soignante m'apostropha : « Monsieur Drascher ? » J'étais cuit.

L'aide-soignante me fit patienter vingt longues minutes dans une salle d'attente. J'étais seul et à l'heure, si bien que je ne comprenais pas trop pourquoi il fallait poireauter. C'était peut-être le temps de la toilette. Je détestais ces pièces. Existait-il une estimation sur le temps moyen qu'un individu passait à attendre au cours de sa vie ?

La patience de chacun se comptait en années et pourrait être une valeur que l'on monnayerait au même titre que l'or.

Je feuilletais des magazines de bagnoles datés. Je me focalisais ensuite sur ces murs blancs aux relents d'ennui. Ils s'interdisaient d'appliquer des tons agressifs. Les couleurs chaudes étaient proscrites, la gaieté mise au ban. Une soignante vint me soulager de mon supplice. Personne ne devrait attendre avant une visite de chevet. L'attente cristallisait les anxiétés.

L'infirmière était une petite brune d'une vingtaine d'années, ses cheveux se coiffaient en une longue natte et un grain de beauté ponctuait l'extrémité de sa paupière inférieure droite. Sa voix douce formulait un langage calme et adapté. Chacune de ses phrases était intelligible. Elle me mit à l'aise sur le pas de la porte, lorsqu'elle discerna ma crispation, et me prévint que ma mère était un peu sédatée aujourd'hui.

— Vous savez, votre maman est une sacrée farceuse

lorsqu'elle ne prend pas son traitement, sourit-elle.

— Ah oui ? répondis-je plutôt surpris, je n'avais pas notion que ma mère eût déjà sorti quoi que ce soit de marrant.

— Oui, elle a tenté de me faire croire que votre père et vous étiez des allégeurs !

— C'est absurde. J'émis un petit rire forcé. Il était diplomate et moi je reviens de vacances.

— Ne vous justifiez pas... Et puis vous avez l'air si gentil.

La chambre individuelle de ma mère était assez spacieuse. La lumière pâle du soleil filtrait à travers le double vitrage de l'unique fenêtre. Elle se bloquait au quart, de façon qu'aucun corps ne puisse se carapater à l'extérieur. Un courant d'air tiède en provenance du parc s'engouffra par la mince ouverture. L'aide-soignante m'apporta un vase en faïence pour le bouquet. Cette jeune femme avait la fibre pour ce métier. Ma mère, assise dans le lit, regardait la télé. Un truc de voyages et d'aventures. L'aide-soignante baissa le son et nous laissa. Je ne parvins pas à parler, j'avais la gorge nouée. Elle resta mutique elle aussi. J'avais l'impression qu'elle ne me reconnaissait pas. Je l'embrassai, mes lèvres effleurant sa joue, et elle eut un sourire. Je regardai ses yeux, deux casemates éteintes. Une voix enrouée sortit d'un endroit du corps de ma mère.

— C'est Maximilien ?

— Non, maman, c'est Émile.

— Mon Émile est en colonie.

— Non, c'est moi, maman je suis revenu la semaine dernière.

Ses yeux s'allumèrent un peu. Elle ne parla plus et je poursuivis :

— Je voulais te souhaiter un bon anniversaire en avance, regarde, je t'ai apporté des fleurs.

— Merci, elles sont belles. Merci, répéta-t-elle, j'ai toujours aimé les mufliers.

Il y avait un pilulier sur sa table de chevet avec des comprimés vert et jaune. Elle me demanda d'augmenter le son de la télévision. J'attrapai la télécommande et lui dis de me dire stop lorsque le volume lui conviendrait. Elle murmura ensuite un truc, mais la musique de la pub couvrait sa voix. Je m'approchai.

— Tu t'es fait des copains en colonie ? demanda-t-elle.

— Oui, plein.

Je restai encore un peu avec ma mère. Elle avait le regard fixe et ne clignait presque pas les yeux. Son corps tout entier se rigidifiait. Elle n'avait pas vieilli, malgré la naissance de rides sur ses mains. Elle avait perdu un peu de poids. Je mettais ça sur le compte de la nourriture de l'hôpital. Imbouffable. Je lui passai une main sur l'épaule, son dos frissonna, lui déposai un nouveau baiser sur la tempe et lui chuchotai que je repasserais bientôt. Je n'avais aucune envie de revenir. J'empruntai les mêmes corridors qu'à l'aller. Je recroisai la petite brune qui me salua. Ma mère était entre de bonnes mains, songeai-je. Cette pensée m'apaisa un peu.

Chapitre V

Alma avait fini sa réunion et elle m'attendait sur la place de la fontaine. J'avais emprunté le bus pour changer et j'implorais les dieux du trafic pour qu'il n'y eût pas d'imprévus sur la route. Le caractère d'Alma pouvait changer d'un instant à l'autre. Après une contrariété, elle passait parfois de chaton à tigre. Dans le bus, un homme noir avec un bonnet multicolore dégoisait et chantait comme s'il était tout seul. Les autres usagers dévisageaient le purotin avec dégoût, mais il n'en avait rien à foutre. Il était bourré et avait du mal à garder l'équilibre. Sa cannette renversa un peu de bière par terre. Je vis le conducteur jeter un œil dans son rétroviseur. Il n'allait rien dire. S'il avait voulu dire quelque chose, il l'aurait déjà fait dès l'instant où l'énergumène était monté dans le bus avec sa boisson. L'alcool était interdit, c'était marqué en gros et en rouge. Il était évident que le chauffeur du bus était en fin de carrière et qu'il avait baissé les bras. Il en avait marre de rentrer dans les conflits et dans les longues négociations avec ce genre d'individu. Il avait jeté l'éponge et attendait sa retraite. Il s'en moquait autant que le Noir se fichait des autres passagers. Je soufflai en sortant du bus. Les transports en commun ne m'avaient pas manqué.

J'arpentai une rue avec une forte inclinaison pour rejoindre la place de la fontaine. Je regardai l'heure sur mon cellulaire. J'étais dans les temps, je n'allais pas subir les feulements du tigre. Je laissai un message à Alma pour lui signaler mon arrivée. Elle était dans de bonnes dispositions, elle me commanda même une pinte.

Le secteur était l'un des lieux les plus festifs de la ville, les nombreux bars qui ceinturaient la place étaient très prisés des étudiants. Il y avait beaucoup de monde ce soir, ce qui m'étonnait pour un lundi. Au centre, une grande fontaine surplombait les terrasses. Des dizaines de jeunes s'asseyaient avec leurs verres en plastique sur sa margelle, d'autres se chamaillaient, les mollets dans l'eau.

Alma s'était installée sur un haut tabouret juxtaposé à un tonneau qui servait de table. Avec la pointe de sa chaussure, elle triturait le trou de bonde du vieux fût.

— Tu attends depuis longtemps ? lançai-je à Alma.

— Un peu, j'ai fini plus tôt.

— Ce n'était pas ton jour de repos ?

— Si, mais je t'ai dit que l'on a eu une réunion d'urgence au cabinet. Comment s'est passée ta visite ?

— Ça va, la clinique m'a fait bonne impression.

— Et ta mère, comment va-t-elle ?

— J'ai vu qu'ils s'occupaient bien d'elle, physiquement elle est plutôt en forme. Mais elle ne m'a pas reconnu tout de suite.

— Oh… Elle reprend tout juste ses repères. Il lui faut un peu de temps pour se réhabituer. Elle était encore dans le coma il y a peu.

— On verra si ça évolue.

— Et le bouquet ? demanda Alma.

— Elle a apprécié.

— C'est une bonne chose.

— Oui, elle a aimé les mufliers, mais je ne crois pas qu'elle ait percuté que c'était pour son anniversaire.

— Tu ne pouvais vraiment pas mercredi, Émile ?

— Non, j'ai ma prise de poste demain. Je ne suis plus disponible après, expliquai-je.

— J'avais oublié. Tu le sens bien ?

— J'appréhende un peu.

—Ils vont te demander quoi ? interrogea Alma.

— L'Administration doit me présenter toutes leurs modalités et je leur donne les miennes en échange. Chaque allégeur a sa façon de fonctionner.

— Tu es au point ? Elle s'empara du verre de vin blanc que le serveur venait de lui apporter. Je commandai un schnaps avec du thé glacé.

— Je suis rodé. Mes assistants arrivent bientôt.

— Tu t'entends bien avec eux ?

— Il faut bien, on a vécu trois ans ensemble à Zukhabar. Ça a créé des liens.

— Je ne t'imagine tellement pas donner des ordres. Alma émit un ricanement. Elle était d'humeur taquine aujourd'hui.

— Je ne donne pas d'ordres, je délègue quand je peux et je prends les décisions quand ça devient trop complexe. Chacun a ses spécialisations et son rôle à jouer.

Moi, je veille au bon déroulement des procédures.

— Tu parles bien, ironisa-t-elle.

— Moque-toi, c'est pas mal de planifications pour chaque mission.

Alma eut un rictus.

— Tu vas utiliser le même matériel que ton père ?

— Oui, c'est l'équipement le plus rapide et l'un des plus fiables. Je devrais apporter des modifications demain justement.

— Je n'aime pas ça.

— Je sais, fis-je.

— Tu as déjà utilisé cet engin, là-bas ? Enfin, je veux dire, dans de réelles conditions ?

Je n'avais pas envie de m'étendre sur la question et de parler boulot. D'autant plus que je connaissais très bien sa position sur le sujet.

— C'était le but de la formation.

— Donc tu as allégé…

— Entre autres, éludai-je.

Alma fixait son cellulaire, elle détournait le regard ailleurs. Elle avait beaucoup de mal avec la mission confiée à ma famille, cela avait toujours été difficile à accepter pour elle. Nous nous étions souvent engueulés là-dessus. Moi aussi, au départ, je haïssais l'idée de reprendre le flambeau et j'avais envisagé des milliers de façons de m'en extraire. Mais ce boulot se transmettait de génération en génération et je n'avais pas eu d'autres solutions que de poursuivre cet héritage. L'Administration ne laissait pas vraiment le choix. Le refus jetterait le discrédit sur ma famille. Nous sommes une poignée de privilégiés, d' « Élus ».

Le reste de la soirée, nous levâmes le pied sur la boisson et abordâmes d'autres sujets. Je rentrai à pied chez Ruben. Quelques phalènes se cognaient contre les lampadaires. Puis, les rues furent rapidement désertées des gens qui attaquaient le boulot tôt le lendemain matin.

J'avais rendez-vous vers dix heures au palais de Justice. Le monument blanc comportait une colonnade avec un grand fronton doté d'un demi-relief, rempli de symboliques sur la Justice et l'Équité. Je trouvai l'endroit imposant sans écraser, une certaine sérénité s'en dégageait. À l'entrée, un vigile me demanda de décliner mon identité et je dus déposer tous mes objets métalliques dans un bac en plastique avant de passer le portique de sécurité. Une précaution pénible et utile à la fois. L'Administration avait des ennemis. On me fit patienter sur un banc de la salle des pas perdus. Le bois craqua et fit résonner le vestibule vide.

Dorval, le chef d'établissement du tribunal, accompagné de son assistant Frings, vint à ma rencontre. Ils étaient tous deux longilignes et tirés à quatre épingles dans leurs costumes sombres. La seule différence notable entre les deux, c'était que l'assistant avait vraiment la tronche du premier de la classe. Frank qui connaissait bien l'Administration m'avait parlé d'eux et de leurs petites habitudes. Dorval payait une fortune pour recruter des femmes de ménage prêtes à se soumettre à ses fantasmes. Elles se dépoilaient pendant qu'elles époussetaient son manoir, faisant le ménage en petite tenue, voire complètement nues. Il ne les touchait pas, il se contentait de les reluquer. De son côté, Frings serait un croûtenard. Malgré le dégoût, Frank m'avait précisé que Frings préférait utiliser des bouts de brioche. J'eus du mal à le croire sur ce coup-ci. Rumeurs fondées ou pas, je m'en moquais un peu tant que leurs directives restaient claires.

— Monsieur Drascher, avez-vous fait bon voyage ? me demanda Dorval.

— Oui.

— Nous allons vous faire visiter vos quartiers dans l'espace nouvellement dédié, poursuivit-il.

— Les travaux sont terminés depuis un mois, c'est ça ?

— C'est cela, acquiesça l'intendant Frings.

Le rez-de-chaussée était un long rectangle vide de mobilier et très lumineux. Nous avions emprunté un escalier plongé dans les ténèbres pour quitter le vestibule. Lors de la descente, l'absence d'éclairage brouilla mes repères. Les deux hommes m'escortèrent jusqu'à une immense double porte en arc brisé qui paraissait plus ancienne que le reste. « C'est l'ancien patio du palais de Justice, que nous avons agrandi et rénové pour permettre l'exercice de vos fonctions », déclara le chef d'établissement. Il sortit une grosse clef en métal de son costume trois-pièces, la passa dans la serrure et ouvrit la double porte. Elle donnait sur un lieu en plein air, une cour pavée de pierres gris clair et encadrée d'arcades. Elle était suffisamment grande pour accueillir une trentaine de personnes sans se marcher dessus. Dorval pointa de l'index une autre porte sur le côté, le Greffe. C'est ici que nous attendrait le jugé pour un dernier verre.

Je m'avançai un peu plus pour sortir de la pénombre des arcades. Le soleil était bien haut, il ne devait pas être loin de midi. Je me passai les doigts devant les yeux afin d'en atténuer sa lumière et de mieux distinguer l'imposante forme que j'avais aperçue dans l'entrebâillement de la double porte.

Elle était bien là. Elle trônait fièrement au milieu de la cour. Elle régnait sur les lieux.

Je vis une allégeuse en action pour la première fois à Zukhabar. Mon père refusait toujours de m'en montrer une en vrai et il n'y avait que de rares photos floues et en noir et blanc au manoir. Son attitude m'étonnait, il savait qu'un jour ou l'autre je serais forcé de lui succéder.

« Jimbaud suait plus que jamais ce jour-là. Zukhabar se transformait en incinérateur à ciel ouvert. Frank, Mingus et moi marchions en direction du Bastion. Alan emboîtait nos pas. Nous avions choisi tacitement de le devancer car il ne s'était pas douché depuis au moins deux jours et il schlinguait sévère. Plus petit en taille que nous, il redoublait d'efforts pour tenter de nous rattraper et à chaque fois qu'il revenait à notre hauteur, nous accélérions.

Après trois semaines de théorie, Jimbaud entreprit enfin de nous montrer le Bastion, cette caserne qui logeait une grande partie de la milice coloniale de la région. À l'intérieur, les miliciens ne firent pas spécialement attention à nous, un gradé salua tout de même Jimbaud et nous nous dirigeâmes vers la place d'armes au centre du Bastion. "Ils l'ont montée spécialement pour la journée qui s'annonce", dit Jimbaud, fièrement. Il s'alluma un cigarillo et s'approcha des montants verticaux encastrés dans un bâti horizontal, suffisamment solide pour maintenir la lourde machine. Jimbaud caressa le bois avec les doigts. Son esprit se baladait ailleurs, il donnait l'impression de se remémorer avec nostalgie sa vie passée. Personne n'osait bouger et parler pour ne pas le perturber. Puis Jimbaud consulta la montre à son poignet gauche avant de se retourner brusquement vers nous. "Je ne vous ai pas tout dit, les gars. Aujourd'hui, c'est un jour spécial. C'est une petite surprise de ma part." Sans se concerter, on comprenait où il voulait en venir. Je voyais un sourire s'esquisser sur le visage de Mingus.

Peu de temps après, des miliciens submergèrent la place d'armes. Un tumulte envahit lui aussi le silence. Malgré le nombre, ils encerclèrent l'allégeuse en restant loin d'elle. Jimbaud nous somma de nous ranger sur un côté et d'être attentif à ce qui allait suivre. "Ouvrez vos mirettes", répétait-il. Une petite porte dans le fond de la place d'armes s'ouvrit et une dizaine de personnes vêtues d'habits foncés firent irruption. La rumeur s'évapora. Les cinq premières personnes se mirent en quinconce sur un côté. Un homme prit position derrière l'engin, tandis que ses équipiers escortaient un homme à la peau sombre, entravé et torse nu. Les miliciens commencèrent à huer, jusqu'à ce qu'un gradé intervienne pour rétablir le calme. Je les trouvai chaudement habillés dans cette touffeur. Une femme précédait le cortège. Il lui manquait une jambe et un haut-de-forme surhaussait son allure altière. “C’est Feodorac”, murmura Frank. La légende la précédait. C’était le seul allégeur qui acceptait d’être à visage découvert. Un homme avec une Bible à la main se décrocha du groupe des cinq sur le côté pour s’avancer près du prisonnier, il recula ensuite dans son rang. On attacha l’homme entravé à une planche qu’ils firent glisser entre les montants verticaux. Ce fut aussi bref que le passage d’une étoile filante. J’eus seulement le temps d’admirer la partie haute de la machine. Elle brilla comme un gros sequin avant de disparaître. »

— C’est la même allégeuse que celle de mon père ? questionnai-je.

— Tout à fait.

— Alors je compte la modifier.

— Tout ce que vous voudrez, monsieur Drascher. Je vous laisse avec M. Frings qui notera tous les détails. Je vous souhaite de passer une bonne journée.

Ses manières obséquieuses me gonflaient et je fus content qu’il s’en aille. Je me trouvais maintenant seul avec l’intendant.

— L’aiguisant pèse combien ? demandai-je.

— Quarante kilos. Il avait les lèvres si pincées que je ne savais pas de quelle façon il parvenait à articuler des mots. Elles étaient presque scellées entre elles. Ce mec aurait pu faire ventriloque, pensai-je.

— Et quelle taille font les montants verticaux, deux mètres trente ?

— À peu près oui, répondit Frings.

— Je veux un aiguisant de cinquante et des montants à deux mètres soixante. Le tout, c'est de développer une force d'environ huit cents kilos. Je vois que le mécanisme est à levier, ça me convient, laissez ainsi pour le moment.

— Quel protocole souhaitez-vous mettre en place ? marmonna Frings.

— Je veux avoir accès à la cour deux semaines à l'avance pour les préparatifs. De ce que j'ai compris, nous aurons un double des clefs pour venir ici en toute discrétion.

— Oui, à l'abri des yeux et des oreilles. Une voiture passera vous prendre quand vous le désirerez. Je vous indiquerai par où vous pourrez sortir en repartant. Cette partie n'est réservée qu'à vous.

— La presse ?

— Vous êtes anonymes, dit-il.

— Nous serons quatre : moi, deux clercs-allégeurs et un calligraphe.

Les sourcils de l'intendant se haussèrent.

— Un calligraphe ?

— Oui, celui qui est au contact de l'encre.

« Même si au bout de quinze jours nous savions déjà parfaitement nos rôles, Jimbaud tenait à nous les rappeler chaque semaine. Il aimait insister : "La clef c'est la répétition, disait-il, sans répétition pas d'automatismes."

"Bon les jeunes, je vous rappelle que pour alléger, il faut être quatre au minimum." À chaque fois, c'était le même manège, Mingus regardait ailleurs, Frank écoutait avec attention, Alan, lui, gaulait avec ses petits doigts les pellicules blanchâtres fichées dans ses cheveux. Moi, je levais les yeux au ciel, quitte à défier les rayons aveuglants du soleil. Parfois, Jimbaud me barbait, mais vu la tâche qui nous incombait, il avait raison de répéter. Chaque erreur se payait.

“L'allégeur veille au bon respect du protocole. Et ce sera toujours lui qui aura le dernier geste, le plus important, en actionnant le levier. C'est à lui que revient cette responsabilité, c'est lui le chef. C'est toi le chef, Émile. Ensuite il y a tes deux adjoints, les clercs-allégeurs. Eux coupent le col, sanglent le condamné sur la bascule et calent sa tête dans la lunette. Le cou doit être parfaitement posé sur la traverse demi-circulaire et il faut impérativement abattre le châssis demi-lune sans assommer le condamné. On n'est pas des bêtes. Chaque condamné doit être bien traité, on ne fait pas du travail de margoulin dans mon école. Ce rôle revient à Frank et Alan. Enfin, le dernier rôle, c'est celui du calligraphe. Tu sais ce que t'as à faire Mingus.”

Pour une raison mystique, Mingus était le seul pour qui Jimbaud ne prenait pas la peine de répéter. Mingus, le “calligraphe”, plaçait ses doigts derrière les oreilles du type, il devait ensuite tirer la tête vers lui pour que le futur allégé ne puisse pas la rétracter soudainement. Avant, on utilisait une sorte de grappin qui rentrait dans la peau derrière les oreilles. Maintenant, c'était à mains nues. La position s'avérait dangereuse. Sans l'aide de la griffe, nous risquions de nous faire sectionner les doigts, le prix à payer pour du mauvais boulot. Mais cela n'arrivait que très rarement. Mingus me donnait tranquillement le feu vert quand il était prêt et tout se jouait en un éclair. Cette partie-là se déroulait sans encombre, Mingus était une force de la nature. Une fois dans ses mains, personne, même sous l'effet de l'adrénaline, ne pouvait se tasser. »

— La lunette est dotée d'une griffe ? poursuivis-je.

— Monsieur, c'est interdit en Métropole. On prendrait le risque d'utiliser ce genre de choses sur les droits communs. C'était encore utilisé là où vous étiez ?

— Oui, c'est encore en vigueur dans certains endroits.

L'intendant grimaça.

— Après, c'est pour les harachins, justifia-t-il.

— Quand même, ce n'est pas ma façon de faire.

— Je comprends.

— Concernant le dernier viatique…

— Je vous écoute.

— Il doit être fait en prison juste après le réveil. Après ou pendant, je m'en moque, mais il doit être fait avant que le futur allégé soit ici.

— Bien, monsieur.

Depuis peu, les allégements ne se faisaient plus en prison mais dans un coin dédié, souvent dans un palais de Justice. J'en profitai pour interdire la présence de l'aumônier avant l'allégement. D'une part parce que les curaillons me révulsaient, d'autre part parce que l'on augmentait le temps de l'allégement. Tout devait être rapide. Simple. Direct. Et en fin de compte, les autres s'en tamponnaient que le viatique soit fait au palais de Justice ou à la maison d'arrêt.

— Je souhaite aussi qu'avec mon équipe nous ayons de quoi nous payer des nouvelles tenues.

— Il n'y a aucun problème, vos collaborateurs, M. Sedi, M. Vermeulen et M. Baramonte, arrivent en fin de semaine pour vous épauler dans votre mission.
— Quand ?
— Vendredi.

Je n'étais pas préparé à les recevoir.

— Ils vont loger où ? demandai-je.
— On a prévu un appartement pour chacun d'eux. Il sourit pour la première fois, les lèvres retroussées dévoilaient la rangée des dents du haut. Chacune de ses dents se pailletait d'un éventail de nuances allant du jaune au marron. J'eus un haut-le-cœur en repensant aux confidences de Frank.

Quand Frings s'éloigna et qu'il ne fut plus au sein de ma zone personnelle, mes pensées revinrent sur l'allégeuse et restèrent braquées sur elle. C'était un bel outil que celui que l'on me confiait. Peut-être l'un des plus beaux. Je pensais la colorer. Mais j'abandonnai l'idée, le bois brut c'est bien, il faudrait seulement le traiter et le vernir. Je la désirai plus haute et la fonte plus épaisse à l'arrière de l'aiguisant. Au fil des années, j'avais trouvé le bon équilibre. Il fallait que cela soit le plus rapide possible pour l'allégé, et pour nous et pour les autres.

Chapitre VI

« Le jour d'anniversaire, je venais d'avoir neuf ans, ma mère taillait ses seringats à côté de la véranda après m'avoir préparé un imposant gâteau au chocolat avec un glaçage multicolore. À l'époque nous avions un chien, un mops. Je détestais ce chien et sa face écrasée de chauve-souris, comme s'il s'était pris un bus. Il m'effrayait. Il me courait après pour me sucer le sang, lui et sa gueule de vampire. Souvent, je me réfugiais dans un arbre et il m'aboyait après jusqu'à ce que ma mère intervienne ou que quelqu'un sonne au manoir. Ce jour-là, je n'eus pas besoin de grimper la yeuze du jardin, le chien avait senti une présence à la porte.

Sans animal dans les parages, je pus m'attabler tranquillement. Le gâteau au chocolat, composé de nombreux étages, me dépassait largement. Le glaçage du gâteau dégoulinait. Ma mère disposa plusieurs saladiers remplis de bonbons et de petits biscuits. De quoi rassasier en sucre une bonne dizaine d'enfants. Je sentis les doigts de ma mère se frayer un chemin entre mes cheveux, puis elle m'embrassa sur le front, elle sentait la poudre de riz et le miel, avant de me donner une part dans une jolie assiette à dessert. Nous sortions ce service en porcelaine ayant appartenu à mon arrière-grand-père, “l’abave Drascher”, uniquement pour les grandes occasions. L’intégralité de cette vaisselle s’ornait de scènes pastorales peintes dans un profond bleu de cobalt. Elle reluisait derrière les vitres du buffet double corps.

Ma mère m’offrit un livre de botanique – les plantes m’avaient toujours fasciné – ainsi qu’un ouvrage sur la peinture à l’huile destiné aux débutants. Mon père peignait de temps à autre, moi ça ne m’avait jamais botté.

Aucun invité ne vint et, dépité, je me forçai à manger du gâteau pour faire plaisir à ma mère. Elle savait que je n’aimais pas les sucreries et s’était donné du mal pour mes camarades de classe. Moi aussi je m’étais appliqué. J’avais soigneusement écrit en lettres capitales chaque prénom de mes copains d’école sur une dizaine de cartes, recommençant à chaque fois que je ratais l’écriture.

À part Alma, les autres enfants ne venaient jamais à mes anniversaires. Ma mère pensait que le manoir intimidait. Mais elle se voilait la face, c’était nous que les gens évitaient. Les rumeurs sur l’origine de nos privilèges allaient bon train. Je me souviens de tous les efforts démesurés que ma mère fournissait pour améliorer notre image. En aspirant à plus de normalité, elle perdait son énergie au fil des ans. Le regard des autres l’avait rendue complètement exsangue.

Les friandises restèrent des semaines durant dans la cuisine. Puis ma mère se résolut à tout jeter.

Quelqu'un sonna, à notre grand étonnement, je ne me souvins plus qui, mais le chien me lâcha les basques. »

La piscine des Van Verdriet était grande et bleue. Pas de doutes, j'étais bien de retour à la civilisation. L'eau abondante constituait le marqueur ultime des peuples privilégiés, ceux qui jouissaient d'un rare confort. Notre seul réservoir d'eau là-bas était un puits étroit, à la profondeur insondable, duquel nous extirpions une eau fangeuse. Des bassins comme celui des parents d'Alma n'existaient pas, même dans les rêves les plus fous des autochtones.

Alma expira par le nez, rejeta sa nuque en arrière et pesta après moi. Elle avait prévu d'accueillir beaucoup de monde et elle me reprochait de ne pas avoir ramené d'amis. Elle me prenait encore pour un grand timide. Mais je n'avais plus douze ans et je lui rétorquai que les gars arriveraient demain.

Pour l'organisation de la soirée, Alma avait vu grand. Une décoration blanche avait été disposée par ses soins sur la pelouse et tout autour du bassin : lampions, photophores, guirlandes lumineuses, mousseux, ballons piriformes, cocktails dans des jarres munies de robinets et de quoi se faire des schnaps avec du thé glacé. Fidèle à son habitude, il n'y avait rien à bouffer. Alma se concentrait davantage sur la forme que sur le menu. La quinzaine de verrines contenait trois misérables crevettes décapitées qui surnageaient au-dessus d'un coulis de tomates. Mais ce n'était pas moi qui allais m'en plaindre.

L'idée qu'elle organisait peut-être cette fête pour célébrer nos retrouvailles me réjouissait. Je ne le saurais jamais avec certitude, Alma extériorisait peu, favorisant les actes aux mots.

Des insectes azimutés cognaient les ampoules en bourdonnant, en majorité des phalènes et des scarabées rhinocéros, le genre d'insectes aux pattes griffues qui s'agrippaient aux cheveux des filles et les faisait hurler à la mort. J'étais arrivé à la bonne heure, celle où personne ne picolait réellement. Il n'y avait rien de pire que d'arriver le dernier à une soirée où tout le monde était bourré.

« Alors, ce grand nettoyage de manoir ? » me lança Alma. Je lui mentis et lui dis que tout se passait pour le mieux, bien que je n'eusse encore rien fait. J'avais seulement fait tondre la pelouse par une entreprise de paysagistes pour ne pas éveiller ses soupçons et solidifier ainsi mon mensonge. Je n'étais pas retourné au manoir depuis ma dernière visite, je maintenais les lieux sous scellés. Que rien ne bouge surtout.

J'avais passé ma journée d'hier chez Ruben à regrouper mes affaires pour emménager dans mon futur logement de fonction. Je m'étais également inscrit, en fin d'après-midi, dans une salle de musculation. J'avais effectué une séance d'une heure, courte et intense.

Alma avait tenté de masquer ses cernes avec du correcteur. Il était rare de la voir épuisée à ce point. Hier encore, elle avait rendu visite à son frère après le boulot. Elle éprouvait toujours beaucoup de difficultés à en parler. Elle gardait tout ça. Je supposais que cette fête était aussi, pour elle, le moyen de relâcher un peu la pression. Encore incapable de dormir, elle avait traîné sa nuit devant des séries, enroulée dans un plaid. Ce matin, elle s'était levée tôt pour préparer la soirée. Elle n'avait pas osé me demander de l'aide.

— Je n'avais rien à faire aujourd'hui, j'aurais pu te filer un coup de main, dis-je.

— Je te remercie mais Christopher m'a aidée toute la journée.

— Qui ?

— Christopher, je t'ai déjà parlé de lui.

Je n'en avais pas souvenir. Ne souhaitant pas la froisser, je fis un geste de la tête pour feinter une soudaine remembrance.

La bière de Jane, la meilleure amie d'Alma, débordait pour la troisième fois. Elle pouffait en essayant de lécher la mousse. Elles travaillaient ensemble dans le même cabinet d'audit d'expert-comptable. Jane avait réuni ses cheveux blonds en une couette et portait une tunique ample qui lui arrivait pile au milieu des cuisses. Sous cette chape de textile, je devinais son corps mince. Bien que soumise à une légère ivresse, elle se déplaçait en sautillant, avec la gracilité d'une danseuse de ballet. Alma tint absolument à nous présenter, son amie et moi. Jane cessa de rire lorsqu'elle fut à ma hauteur. Elle adopta un ton sérieux et ce changement rapide de physionomie me questionna. Ensuite, pour me saluer, elle leva avec dédain une main molle, le coude en retrait. Je pris cela pour une forme de timidité, peut-être que notre rencontre l'intimidait.

Le point névralgique de la soirée se passait au niveau de la piscine. Éclairée par des spots, elle étendait de tout son long son velours bleu. Des convives barbotaient dans l'eau turquoise. Nous devions être maintenant une soixantaine. Je n'avais pas pris le temps de saluer tout le monde et visiblement ce ne fut pas un manque pour eux.

À ma grande surprise, Jane m'invita à rejoindre son groupe. Une vingtaine de personnes s'agglutinaient autour d'elle. Elle m'aménagea une place sur son transat. De près, elle avait un nez moins camard que celui d'Alma. Et ses joues rosies par l'alcool lui donnaient un air porcin. Je lui balançai deux ou trois conneries bon public qui la firent ricaner.

Sitôt après, elle adopta une attitude hautaine envers moi. Elle me considérait comme elle l'aurait fait avec une bête de foire. Jane voulait peut-être me collectionner, me ranger dans son cabinet de curiosités entre une tête réduite et une pierre de foudre. Je me sentais oppressé au milieu de cet amoncellement de jeunes de grandes familles, « l'élite condescendante » disait mon père. Nous étions aussi aisés qu'eux, mais il subsistait toujours ce décalage. Ils nous faisaient comprendre que la fortune était une histoire de légitimité et que nous ne l'étions pas. Le malaise s'installa. Ils étaient complices des moqueries de Jane, je les méprisais comme ils me méprisaient.

Quelqu'un passa de la musique des banlieues. Tous abandonnèrent leurs verres et se regroupèrent sur la pelouse pour se déhancher au rythme des basses saturées. Je détestais ce genre de chanson mais elle me soulagea de leur présence. Je m'éloignai du bruit pour écluser ma bière au calme.

Je désirais Jane, la posséder à ma façon pour une nuit, prendre ma revanche dans sa chair. Quand avais-je eu une paire de hanches rien que pour moi ? L'alcool me prêtait des pensées érotiques empreintes de nostalgie. Un bras vint sertir sa taille. À en juger son changement d'expression, elle eut, sur le moment, la désagréable surprise d'avoir des mains autour de son bassin, mais quand elle pivota la tête elle esquissa un large sourire. Je trouvai le mec de Jane aussi attirant qu'un chausse-pied. Mon regard se porta ailleurs. La piscine s'était vidée des fêtards. L'eau vibrait encore à la façon d'une grosse gelée.

Alma s'approcha de moi, accompagnée d'un type venu avec le chausse-pied. Elle agrippa son poignet et entama les présentations.

— Voici Émile.

— Le fameux... Salut, moi c'est Christopher.

Je lui fis un hochement de tête en guise de salutation et nous nous broyâmes la main mutuellement. Christopher avait l'allure d'un gorille. Il roulait des mécaniques et mettait le front en avant comme un bélier avant d'enfoncer une porte. Alma s'éloigna avec le primate pour le présenter à d'autres. Cette fois, tout le monde le salua avec déférence.

J'étais éméché. Lassé de la bière à huit degrés, je décidai de passer à l'étape supérieure. Je me dirigeai vers la cuisine. Sa baie vitrée donnait sur les installations du jardin et sur la piscine. À l'intérieur, ça sentait les Van Verdriet, pas de doute possible. Un effluve floral si caractéristique. À croire qu'ils étaient tous nés dans un champ de lavande. Je fouillai dans le frigo, il n'y avait que de la bière et de l'alcool sirupeux pour minettes. Du rosé aux agrumes… Des petits malins arrivaient à vendre ces trucs. Ça avait le goût d'un vin moelleux de piètre qualité combiné à du déodorisant pour chiotte. Je fouinai dans les placards et parvins à choper une bouteille convenable de schnaps. Elle était à moitié entamée et tiédasse. Je remplis le tiers du verre et l'allongeai de thé glacé. J'ajoutai une tonne de glaçons. Le liquide, bien frais, dévalait ma gorge en une cascade d'eau purificatrice.

À travers la baie vitrée, le son passait faiblement mais l'image persistait. J'aperçus Christopher repousser avec ses gros doigts une mèche de cheveux sur le front d'Alma et lui extraire une impureté. Je n'étais plus certain que la fête soit en mon honneur.

« Tu bois quoi ? », me lança une fille sur le côté, le visage dubitatif. Elle avait la peau sur les os, le teint blême, un rouge à lèvres lie-de-vin. Elle voulait me bouffer le sang. Elle jouait la carte de la transgression en affichant un mal-être fictif. De l'esbroufe. Ce n'était qu'une gamine capricieuse qui ne connaissait pas grand-chose de la souffrance. Elle était née avec une cuillère en argent dans la bouche. Son tee-shirt artificiellement troué pourrait nourrir une famille entière pendant un mois et demi.

Je lui balançai qu'il y avait du rosé agrumes dans le frigo et que c'était le plus adapté pour elle. « Je n'aime pas ton air », baragouina-t-elle. Elle semblait défoncée. Moi non plus je n'aimais pas sa gueule. Je ne dis plus rien, elle quitta d'elle-même la cuisine.

Les bambocheurs jouaient à un jeu d'alcool sur le rebord de la piscine et se payaient une tranche de franche rigolade. Jane bavardait avec le chausse-pied et d'autres convives. Leurs causeries sans intérêt m'emmerdaient ferme. Les seules choses tangibles étaient ma murge et la dureté du carrelage sous mes pieds. Je terminai mon mélange. Je n'avais pas le courage de retourner vers les autres, je me resservis une belle rasade. Je scrutai de nouveau le jardin, Alma n'était plus là.

Quelqu'un m'aborda de nouveau pour me demander ce que je buvais. J'en avais marre de ce genre de questions, je l'ignorai. Je perçus un souffle rauque sur ma nuque, je me retournai, c'était Christopher. Il s'empara de ma bouteille d'alcool sans me demander, remplit de moitié son verre avec et l'allongea en piochant dans les dernières bouteilles de soda du frigo. Il m'adressa ensuite la parole sans me regarder. Son visage se tordit en un rictus.

— Alors, t'es allé à Solonda avec Alma ? dit-il avec une voix étrangement sympathique.

— Oui, en août, il y a trois ans, bredouillai-je au milieu d'une gorgée.

— Ils vous ont pas trop fait chier, les Solondes ?

— Non, la plupart sont plutôt sympas.

— Vous avez eu beau temps ?

— Ouais, ça a bien tapé.

Christopher ne me regardait toujours pas.

— La chance. J'y suis allé l'an dernier, on avait eu des orages et des incendies.

— Ah oui… Il y a une année où ça a bien cramé.

Je n'en savais rien.

— Les pompiers balarguaient la flotte à cinquante mètres de nous.

— Ce devait être impressionnant.

— Ouais.

— Et vous dormiez où ?

J'avais flairé le loup dès le début avec Christopher. C'était évident. Ses questions faussement innocentes cherchaient à grappiller des informations sur la relation entre Alma et moi.

— Camping, mentis-je

— Vous aviez chacun votre tente ?

— Non, une tente pour deux. Une PETITE tente.

J'appuyai bien sur le mot « petite » pour le narguer.

— Du coup, vous dormiez ensemble ?

— Oui, on dormait ensemble.

— Tu sais qu'Alma et moi allons rejoindre ses parents dans deux ou trois semaines ? annonça-t-il avec un sourire fanfaron.

— Quoi ?

— Apparemment, elle ne t'a rien dit… Un pays beau et sauvage d'après les cartes postales.

Il bluffait, ça se voyait. Il ne savait pas mentir et sa manœuvre pour tenter de me désarçonner échoua. J'allais rétorquer de manière cinglante lorsqu'Alma revint. Nous n'eûmes pas le temps de finir notre discussion.

« Je vous laisse, j'ai le gosier sec », fis-je, amer.

La boisson m'avait bien entamé. Je chancelai un peu et m'affalai sur une chaise pliante près de Jane et de son mec. Par défi, je désirais brimer ces deux crétins, mais les mots me manquèrent. Mutique, elle me considéra d'un œil féroce. Sa haine de moi fermentait en silence. Elle se leva d'un coup pour aller aux toilettes. Une fille replète me proposa une bière avant de s'éloigner. Je saisis la bouteille et bus une gorgée, elle avait un goût infect. J'étais maintenant seul avec le chausse-pied.

« T'as l'air bleu », m'adressa-t-il.

Je soufflai.

— Un peu.

— C'est Émile, c'est ça ?

Son intérêt pour moi respirait l'hypocrisie.

— Oui, dis-je.

— Alma nous a beaucoup parlé de toi.

— Elle n'a pas raconté trop de conneries ?

Ma bière n'avait plus de bulles.

— Elle nous a dit que tu travaillais au palais de Justice.

— Oui.

— Et que ton père était diplomate.

— Oui, pourquoi elle vous raconte tout ça ?

Je bus encore une gorgée de bière et suite à une dernière et très brève analyse, je me demandai si quelqu'un n'avait pas plutôt pissé dans ma cannette.

— Tu fais quoi au palais de Justice ?

— C'est un interrogatoire ?

Je pris le ton de la plaisanterie, il était faux. Il m'agaçait. Le chausse-pied se marra.

— Non, on discute, c'est tout. Figure-toi que ma sœur bosse là-bas. Elle est gestionnaire d'intendance.

— Content pour elle.

— Mais c'est pas tout, elle m'a aussi confié que les allégeurs étaient de retour. Normalement c'est censé être secret.

— J'ai entendu ça, oui.

— Qu'ils sont revenus il y a quelques jours.

Je voulais lui faire sauter ses dents en avant. Ses dents qui lui servaient à chausser des pieds.

— Et ? dis-je froidement.

— Et donc il y a peu de jours que t'es revenu ici.

— Il y a des milliers de personnes qui sont arrivées en même temps que moi.

— Alma m'a également dit que tu revenais de loin. La formation des allégeurs, elle n'est pas justement dans les colonies ? C'est quand même loin, les colonies…

Mon œil se muait en un clou qui désirait lui transpercer la tête.

— Tu fais erreur.

Il s'approcha et chuchota, ses dents de chausse-pied à deux centimètres de mon nez.

— Je sais ce que t'es Drascher, espèce de salopard de merde.

— Répète ça ! sifflai-je

— Sal…

Son nez émit un craquement net. J'avais frappé fort et juste malgré mon alcoolémie, de la paume de ma main droite, une trajectoire chirurgicale du bas vers le haut. Il se jeta sur moi et nous tombâmes à la renverse, un transat explosa sous le choc de nos poids. Des morceaux de plastique blanc et des éclats de verre jonchaient le sol. Je me dégageai et me relevai, je lui balançai un coup de pied au niveau des côtes alors qu'il était encore à quatre pattes, il couina. Il parvint à se redresser et je reçus un crochet qui m'atteignit l'œil, je ne sentais rien, mais juste après, du liquide coula sur moi. Je le saisis à la taille et l'envoyai valdinguer dans l'herbe. Il se remit sur ses pieds en faisant des moulinets ridicules avec ses bras. Un nouvel uppercut le fit rouler par terre comme un pantin. J'étais maintenant sur lui, prêt à lui labourer la gueule avec les poings, lorsque des bras robustes vinrent me saisir à la gorge. Je me trouvai plaqué dans la pelouse. Christopher était venu à la rescousse de son copain le chausse-pied.

Je me bavais dessus de rage quand Alma nous somma d'arrêter. Christopher relâcha immédiatement son étreinte. Notre remue-ménage avait ameuté tout le monde. Alma, en tête de l'attroupement, vibrait de colère. La déception pâlissait ses grands yeux. « Pars », m'ordonna-t-elle, les lèvres serrées, comprimant sa fureur.

Dans ces cas-là, il n'y avait pas à discuter, j'avais merdé. Je devais me barrer loin de la villa des Van Verdiet. Un taxi me récupéra pour m'emmener à des kilomètres de chez eux, cet endroit où j'avais ruiné une fête, brisé une amitié juste à côté d'une piscine bleue et indifférente.

Chapitre VII

« — Quelqu'un sait pourquoi on a appelé ce métier allégeur ? demanda Jimbaud. Il remplaça son cigarillo par une pipe en maïs. Il tapota le foyer sur sa cuisse, tassa du tabac dedans et l'alluma.

— C'est pour alléger la surpopulation carcérale ? répondit Frank.

Jimbaud poursuivit :

— Qui d'autre ?

— C'est pour débarrasser la société de ses brebis galeuses, murmura Mingus.

Une nuée opaque s'évada de la pipe de Jimbaud, il toussa avant de continuer.

— Il y a de l'idée mais il manque la bienveillance qui est la qualité intrinsèque de notre métier. Drascher, t'as un truc à rajouter ?

— Non, dis-je.

Jimbaud aspira une grande bouffée de tabac. Je me représentai ses poumons encerclés par de lourds cumulus noirs. Il entreprit ensuite des explications, sans tousser cette fois.

— Bon, les jeunes, vous verrez que chaque personne qui nous sera confiée aura eu au cours de son existence son lot de souffrance. Vous regardez l'enfance des individus, ils ont, pour la plupart, subi des sévices. Les condamnés supportent tout le poids de la vie. Ce sont des écorchés vifs, maltraités, humiliés, orphelins. Tristes et abattus. Ils détestent les autres autant qu'ils se détestent. Il n'y a rien à sauver chez eux. Je considère que c'est les aider que de les délester du fardeau de l'existence. Nombreux l'auraient fait d'eux-mêmes, auraient voulu se foutre en l'air. Soit ils n'y sont pas arrivés, soit ils n'en ont pas eu le courage. Notre activité, ce n'est rien d'autre que la charité. Alors oui, c'est salissant… Mais en abrégeant la peine de ces hommes en ce bas monde, nous enlevons un peu de souffrance à ce même monde. Nous sommes utiles. Un homme, créé par le malheur, créera à son tour du malheur. Et ainsi de suite. C'est sans fin et c'est là que nous intervenons. Nous rendons service à la société et à ces pauvres bougres.

— Pourquoi ne pas tenter de les réintégrer ? interrogea Alan.

Jimbaud réfléchit pour trouver les bons mots, fournir une réponse à la hauteur de la question. Il tritura durant ce laps de temps un énorme bouton sur son nez. Jimbaud reprit :

— Mon garçon, il n'y a aucun pansement sur terre que l'on peut poser sur des âmes laminées. »

Mingus ressemblait à une sorte d'ours blanc. Il avait pourtant la voix sensuelle d'un masseur sur le point de vous malaxer après votre séance d'étirements. Ainsi, lorsqu'il vous glissait les mots dans le creux de l'oreille, vous ressentiez l'effet anxiolytique de son timbre placide.

Mingus brandit devant le groupe la fario qu'il avait attrapée à la main. Elle se débattait dans le moule à tarte qui terminait son avant-bras. La force de l'ours avait souvent raison des saumons qui étaient pourtant des poissons intelligents. Mingus nous avait montré la façon dont il s'y prenait, il fallait d'abord se poser sur un rocher susceptible de les abriter. Elles se reposaient du courant dans son ombre. Ensuite, nous devions mettre la main à la flotte jusqu'à ce qu'elle s'harmonise avec elle. La truite ne devait pas faire la différence entre des doigts et le courant. Si elles se laissaient chatouiller, il suffisait de les plaquer contre la roche. Et le tour était joué.

Au lieu de la relâcher, Mingus la laissa crever sur le bas-côté.

— C'est pour la manger ? fit Alan.

— Non.

La voix de Mingus se perdit dans le vent. Frank lança un petit caillou dans sa direction.

— Putain, c'est quoi ton fichu problème ?

La truite interrompit ses contorsions.

J'avais prévu aujourd'hui une sortie en canoë pour la cohésion du groupe. La veille, j'avais récupéré les gars en taxi. Aucun d'eux n'osa faire de commentaire par rapport à mon visage, ils comprirent aussi que ce n'était pas la peine de me proposer d'aller boire un verre dans un bar. Nous nous contentâmes, sans broncher, de nous rendre dans nos logements de fonction. Dorval et Frings nous logèrent dans le même bâtiment. Les gars au deuxième et moi au quatrième et avant-dernier étage.

Je devais emménager le même jour dans mon nouvel appartement, mais je n'en avais pas eu la force. Je m'étais levé hier vers dix-sept heures. J'avais trébuché sur mes nouveaux sacs de voyage pleins à craquer et titubé jusqu'à la salle de bains de Ruben. Mes cernes ressemblaient à des sachets de thé. Au-dessus de mon œil violet, le sourire béant de mon arcade grimaçait. J'avais une tête de gargouille.

Nous étions arrivés à la location de canoës aux confins de l'aurore et Alan avait remarqué la rosée dans l'herbe. Il avait levé le poing en l'air en s'adressant au ciel : « Contemplez ces sauvages pensées, elles ont la goutte au nez. »

Frank employa un ton gorgé de mépris et le taxa de poète du dimanche. Alan ne releva pas, trop habitué à se faire rembarrer. Pour ma part, je trouvais qu'il avait effectivement quelque chose du poète. Ses cheveux gras et bouclés plaqués en arrière pouvaient être interprétés comme l'apparente désinvolture d'un artiste en quête de liberté. Et si être cradingue était étroitement lié à l'art et la liberté, nous aurions préféré que Alan se trouve une autre passion.

Je voulais entonner un « si t'es crado, fais des rondeaux » pour faire marrer les gars, mais on s'en prenait suffisamment à lui. Maintenant que l'on était officiellement des professionnels et que j'étais le chef, je devais montrer l'exemple. J'avais un devoir d'exemplarité. Je rabâchais les qualifications, répétais toujours les mêmes choses. « Ancrer les termes dans leurs caboches pour ne plus douter d'eux », disait Jimbaud. Hormis cela, je n'étais pas certain que les gars comprendraient ma blague. Je ne savais pas moi-même exactement ce qu'était un rondeau. En plus Frank, bien installé dans son canoë, aurait sûrement confondu avec « radeau ».

Nous pagayâmes jusqu'à la pause déjeuner, en début d'après-midi. Nous rangeâmes nos embarcations sur la berge pour installer le pique-nique. Nous approchions des treize heures et les rayons vifs du soleil nous picotaient. Ils achevaient d'éteindre mes yeux. L'endroit était paisible, là où la rivière flânait entre de gros rochers ronds et plats. Le genre de joli coin avec une belle eau claire et un peu d'ombre. Je me remémorais Solonda, des coins comme celui-ci se comptaient par milliers sur les hauteurs de l'île. Je proposai de sortir le casse-croûte mais aucun de nous n'avait faim. Nous n'avions pas beaucoup parlé depuis hier soir et chacun vaquait à ses occupations.

Mingus reprit sa pêche. Frank fit des ricochets et je crus que l'une de ses oreilles allait se décrocher pendant l'un de ses lancers ou que l'une de celles-ci servirait de « pierre à ricochets ». Alan, de son côté, étudiait la nature environnante. Il était un amoureux de la nature. Je l'avais déjà vu s'émerveiller devant un têtard. Peut-être parce qu'ils avaient des similitudes physiques. Quant à moi, je réfléchissais à l'organisation future, je guettais le moment propice pour expliquer mon protocole.

— Avec la vieille… Feodorac, c'est fini, susurra Mingus.

Je pensais avoir mal entendu et je lui demandai de répéter.

— Oui, elle a arrêté, poursuivit Frank.

Il s'alluma une roulée.

— Elle a disparu du jour au lendemain, rajouta Alan.

Il s'était approché d'un peu trop près, j'avais presque oublié sa puanteur, elle couvrit la fumée de la cigarette de Frank. Mingus expliqua que les miliciens avaient plusieurs théories. Ils disaient qu'elle s'était retirée dans un couvent. D'autres pensaient qu'elle était partie dans un endroit tenu secret par l'Administration. Moi je ne croyais aucun des deux, l'Administration ne permettrait jamais qu'un allégeur arrête sa mission avant son décès et aucun couvent sur cette planète ne voudrait d'elle. Non, moi ce que je voyais, c'était une désertion en bonne et due forme. Elisaveta Feodorac, le plus grand allégeur de l'Histoire, avait déserté. « *ELISAVETA FEODORAC, LA TRAÎTRESSE* », titreraient les journaux.

Frank était persuadé que c'était un coup des rebelles harachins. Mais ils auraient déjà revendiqué sa capture. Depuis Seljuk, ils guettaient constamment l'opportunité de choper une figure de l'Administration, et ils n'auraient pas manqué de le faire savoir. Je rappelai aux gars son sort, il y a deux ans de cela. Il y avait un avant et un après Seljuk. Tout le monde le savait dans les colonies.

Quand les miliciens eurent capturé ce chef très respecté d'un groupuscule terroriste, ils le torturèrent pendant des semaines, continuant à l'humilier jusqu'à l'allégement. Ils l'insultèrent, lui lancèrent toutes sortes de choses dégueulasses. Ils l'enchaînèrent contre un mur en béton et firent venir une mitrailleuse lourde antiaérienne. Leur objectif ne fut pas seulement de supprimer l'idole, ils voulaient aussi bousiller son corps, faire en sorte qu'il ne restât plus rien de l'humain. Les artilleurs tirèrent un coup de semonce pour régler le canon. C'était du très gros calibre, la balle fit un impact de la taille d'un melon à un mètre de son crâne. Seljuk avait beau avoir les yeux bandés, il comprit la violence du tir. Les éclats de poussière du ciment fouaillèrent ses joues. Aveugle, les autres sens prenaient le relais, ce qui décupla sa peur. Il souilla son froc. Ils allaient le hacher menu et il le savait. Le reste appartient à l'Histoire. Ils brûlèrent en secret les résidus du terroriste – la moitié d'un buste et un avant-bras – pour ne pas qu'il devienne un martyr. Les miliciens allégeaient à leur façon.

La colère évaporait toutes les fibres d'humanité chez les rebelles harachins. L'écume au bord des lèvres, ils se comportaient comme des bêtes enragées, éviscérant tout sur leur passage. Le châtiment démesuré de ces monstres justifiait tous nos actes. Les combats qui suivirent furent d'une extrême violence. Une fois notre formation terminée, il était grand temps pour nous de rentrer.

Nous nous étions répartis en binômes. Mingus avec Alan, Frank avec moi. Nous avions émis le principe que Mingus se fichait de pratiquement tout et qu'il se ficherait de supporter le fumet corporel d'Alan. Durant la première heure, Frank, assis sur le barrot avant du canoë, multipliait les clins d'œil et gestes complices pour me signaler que notre stratégie fonctionnait. Mingus ne mouftait pas, il se contentait de pagayer comme une brute le front plissé. Mais un instant plus tard, Alan se pencha un peu trop près de l'eau pour observer le déplacement d'une écrevisse et passa par-dessus bord. Le visage de Mingus se dérida, l'expression claire d'un intense soulagement. Deux choses s'étaient passées à ce moment-là : Alan avait enfin pris un bain et il existait une chose sur Terre susceptible de perturber Mingus. Frank se marra mais il redoutait que Mingus réagisse mal et il réprima son rire. Seuls les soubresauts de son corps trahissaient son hilarité. Le dos de Frank, grand et sec, était morphologiquement identique à celui du chausse-pied.

J'avais foutu en l'air la soirée d'Alma et elle ne me le pardonnerait pas avant longtemps. Je ne m'excuserais pas non plus de m'être fait insulter, je n'étais pas du genre à plier le genou et implorer son pardon. Qu'il aille au diable, cette espèce de chausse-pied, je me gaussais des types comme lui. Alma, toi aussi, va au diable ! Toi et les autres, allez tous au diable.

Chapitre VIII

« “Putain de merde, c’est du chewing-gum !” » hurla Frank. Jimbaud s’esclaffait, il nous mettait à l’épreuve pour cette première utilisation d’allégeuse.

Au début, on s’entraînait sur des cadavres d’harachins déjà allégés au moyen d’autres machines. Par exemple à l’électricité ou à gaz. Elles différaient de la classique. Jimbaud et mon père furent formés à une utilisation classique. Celle où le mode opératoire et l’instrument étaient de loin les plus fiables et les plus rapides à condition de respecter le protocole à la lettre. Pour ce premier essai, Jimbaud n’avait pu négocier à la morgue milicienne que le cadavre d’un allégé au moyen d’une allégeuse à électricité, et il était dans un état effroyable. Le bougre avait dû souffrir. Je haïssais cette machine et les stigmates du cadavre exacerbaient mon ressenti. Nous avions vu en détail les effets de chaque outil d’allégement, ainsi que leurs améliorations. Et la version électrifiée était de loin le pire instrument. Une fois les électrodes installées sur la colonne vertébrale et le crâne du condamné, le corps du jugé était soumis à une tension électrique inouïe. Les muscles se contractaient dans leur pire contraction. La peau gonflait et se brûlait d'un rouge vif. Le cerveau entrait en ébullition. Certains allégés perdaient même leurs yeux.

Lorsque l'allégé transpirait à cause du stress, le courant électrique qui parcourait la peau les carbonisait. C'était ce qui s'était passé avec celui que l'on essayait d'installer sur la planche basculante. La peau collée sur nos gants rendait compliquée la manœuvre. Alan était obligé de le soulever par les pieds, tandis que Frank l'enserrait à la taille. L'électricité contractait aussi le plancher pelvien et la vessie à répétition. Dans le cas de notre cadavre test, ils avaient visiblement oublié de lire le chapitre de mise en garde concernant la préparation du futur allégé où il s'avérait judicieux de leur mettre une couche-culotte.

Je dis à Mingus d'y aller doucement, la peau au niveau du cou me semblait bien fragile. Il me fit signe d'actionner le dispositif. Une fois l'aiguisant tombé, nous poussâmes le corps dans une caisse prévue à cet effet et la tête dans un panier. Nous refermâmes vite les contenants pour laisser les assainisseurs faire leur travail. Le calvaire prit fin. Je rentrai à la maison d'accueil. Pour une raison que j'ignorais encore, nous étions tous dans des logements différents et nous avions obligation de nous déplacer uniquement entre notre lit et le Bastion.

Dina préparait le repas et je lui dis que je n'avais pas faim. Dina ne répondit rien. À voir ses lèvres rêches se pincer tel un cilice, elle devait sûrement croire que je fuyais sa cuisine. Fuir sa cuisine revenait à la fuir, elle.

Elle cuisinait pour que je conserve l'envie de manger, même sans appétit. Si je ne me bâfrais pas, les rides de son front et de sa gorge se creusaient.

Dina était un rafiot malmené par le vent de la tristesse et qui avait heurté trop de fois les récifs de la désillusion. Elle ne s'encombrait pas non plus de mots et encore moins de phrases. À mon arrivée, elle sut cependant se montrer d'une grande hospitalité. Elle prit le temps de me livrer des confidences sur la région. Lorsque mon air de paumé s'effaça sous l'effet de sa voix, je surpris une bouffée s'échappant de la commissure de ses lèvres. Un soupir qui la délivrait de l'angoisse de ne pas pouvoir m'aider. Dina adoptait en surface l'aspect d'une marâtre, mais je pariais qu'elle planquait de la gentillesse dans une cavité abandonnée de son cœur. L'amour-propre de Dina dégoulinait de chacun de ses murs. Ça crevait les yeux, elle époussetait chaque recoin de sa baraque. Elle tapotait même les coussins un par un pour en éliminer la saleté… Sa tanière sentait les épices. Ça sentait elle. Un parfum tenace qui la suivait jusque dans sa chambre.

Je m'allongeai en position fœtale sur le sommier et dormis. Le lendemain matin, à mon réveil, des biscuits aux graines de sésame et des beignets à la viande avaient été soigneusement disposés dans une assiette sur le bureau de ma chambre ».

Les rangées de poids tombaient en rythme. Le choc de la fonte avait presque le même son que l'aiguisant lorsqu'il heurtait la rainure inférieure de la lunette. Je n'avais jamais aimé les salles de musculation. Elles avaient toujours été le temple du narcissisme, à en juger le mec devant moi qui effectuait des flexions biceps en se matant dans la glace. Il portait un débardeur mauve, une queue-de-cheval et, pour que nous le remarquions, il expirait autant qu'un bison obèse lors de chaque contraction musculaire. Je le soupçonnai même de s'embrasser les bras entre deux séries pour se féliciter de l'effort. J'imaginais ce type passionné de films d'action et de grosses cylindrées. Il rentrerait chez lui boire une bouillie protéinée, manger son blanc de poulet, son riz et ses brocolis sans huile. Et puis sans prendre de douche, encore collé de sueur, il se pignolerait devant un film pornographique. Il me dévisagea. Je l'avais peut-être trop fixé. Maintenant il s'approchait de moi et je me préparais à l'envoyer bouler.

— Mec, t'as bientôt fini avec la convergente ?

Il utilisait le vocabulaire des harachins de banlieue. Il n'en faisait pas partie, il n'était pas de ce milieu. Il avait plutôt le profil de l'ancien persécuté de cour de récréation, harcelé pendant toute sa scolarité. Il cherchait sa revanche d'une façon ou d'une autre, il se donnait un genre. Les muscles aussi étaient pour la confiance. Mais on sentait qu'il n'avait pas les tripes, qu'il n'avait pas un millième de charisme. L'envoyer balader aurait été un jeu d'enfant. Je me ravisai.

— Je finis ma série et je te passe la machine.

Je n'avais pas envie de parler aujourd'hui et encore moins de me bagarrer. Je m'étais inscrit dans une salle de musculation pour maintenir ma forme physique. Il y avait aussi une autre raison. Les machines bien entretenues et bien huilées me détendaient. J'avais choisi une salle avec du matériel dernier cri. La drisse et les câbles coulissaient sans bruit dans leurs poulies, sans aucun grincement, à-coup ou résistance anormale. Souvent, lorsque je quittais la salle, je me sentais soulagé, léger, le corps en lévitation. Aujourd'hui, j'avais besoin de cette sensation. Ce matin, j'avais revu ma mère. Elle ne m'avait pas reconnu. Elle se rembrunissait, se ratatinait. Son corps ressemblait à un vieux trognon de pomme.

Il était seize heures et les gars m'aidaient à déménager. Il s'était mis à pleuvoir en sortant de la salle, ce qui n'arrangeait pas nos affaires. Par chance, le nouvel appartement se situait non loin de celui de Ruben. J'avais sollicité Dorval et Frings pour la location d'un camion auprès de l'Administration. Les logements étaient déjà meublés et l'acheminement de mes affaires prit peu de temps. Pour les remercier, j'invitai Alan, Mingus et Frank à boire un verre.

« Il est fait comme un rat », pointa Frank. Un homme avec le crâne dégarni, le visage chafouin et l'œil gauche plissé, se courbait sur le comptoir. Ses pommettes violettes telles des figues trop mûres pendaient mollement. Il avait l'air d'une bougie fondue. Il était venu tôt au bar pour entamer son ascension, gravissant en un jour des murailles d'alcools sombres. Le barman grimaçait à chaque fois qu'il ouvrait le bec. Son haleine puait l'ennui et la salive sèche. De l'écume épaissie par l'air grumelait le coin de ses lèvres. Si je m'approchais de trop, il allait me causer, c'était sûr. Ces individus inquiétaient par leur solitude. Ils venaient se saouler en solitaire, car ils n'avaient jamais eu d'autre choix que de boire seuls. Ils cherchaient irrémédiablement une compagnie pour pouvoir balancer leur avis sur la société. Du blabla entendu et répété partout et dont tout le monde se fichait. Ils avaient grandi, abêtis au fond du caniveau, et maintenant ils tentaient de penser au-dessus de leurs chaussures. Mais un pauvre imbécile restait un imbécile.

Je ne comprendrais jamais pourquoi, une fois ivres, ces mecs ne restaient pas sur leur intuition initiale, à savoir rester invisibles. À jeun, ils savaient pourtant qu'ils n'intéressaient personne, ils raclaient les murs plus tout à fait sûrs d'être vivants. Je l'imaginais s'acoquiner avec des purotins. L'un d'eux faisait les poubelles du bar à notre arrivée. Peut-être même que c'était l'un de ses compagnons de beuverie.

Je me détournai sagement de son cercle de racolage, dont les délimitations floues étaient définies par sa cuite. Si on l'en jugeait à la lourdeur de ses paupières, pas plus de trois mètres. Frank continuait de se moquer avec méchanceté du type au comptoir pour brouiller les pistes. Il adorait parier sur les chevaux et gratter des tickets de jeu. Ses passe-temps favoris. Et je savais que depuis son arrivée, il était devenu un habitué des salles de jeux miteuses et qu'il frayait avec ce genre d'énergumène.

Le bar plein à craquer avait une hauteur sous plafond assez basse et Mingus avait d'autant plus l'air d'un ours d'une demi-tonne atteint de pelade. Les gens s'écartaient à notre passage et dévisageaient Mingus par peur d'être bouffé. Alan paraissait plus propre que d'habitude. Il ne sentait pas mauvais et ses cheveux étaient moins gras. Il portait une chemise blanche cintrée. Il pouvait presque faire illusion auprès d'une fille qui ne connaîtrait aucun de ses antécédents olfactifs. Frank l'avait remarqué et il frappa ma hanche d'un coup de coude de connivence. Lui aussi était grand et la lumière tamisée dissimulait ses oreilles dans une avantageuse pénombre. Je n'avais pas choisi mes assistants, on me les avait imposés. À Zukhabar, j'étais parfois soulagé que nous ne puissions pas sortir, de peur d'affronter le regard des autres. J'appréhendais aujourd'hui d'aller au bar avec les gars. Je pensais que nous passerions pour des dégénérés. En fin de compte, nous n'étions pas les plus beaux, mais nous avions fière allure. Nous ne passions pas inaperçus dans cet espace bondé. Il n'y a pas pire que d'être ignoré. D'être quelconque.

La serveuse vint, nous commandâmes des bières. J'étais installé sur une banquette en cuir vert foncé avec Mingus et, en face de nous, Alan et Frank s'étaient assis sur des chaises en bois laqué. Des photos de lacs et des trophées de pêche ornaient les murs. Au centre de l'un d'eux, trônait le moulage en plâtre d'un énorme brochet avec inscrit en légende « Monstre d'un mètre vingt-neuf virgule cinq, péché par le roi des carnassiers ». La gueule d'ogive du poisson, grande ouverte, se préparait à bouffer un bras entier. « Celui-là, tu le choperais pas à la main », plaisanta Frank à l'intention de Mingus. Il ne répondit pas, mais son air annonçait qu'il s'emparerait sans problème d'un requin si l'occasion s'en présentait.

Les bières arrivèrent. Elles étaient fraîches et Alan eut

une envolée lyrique. « Admirez ces perles de buée aussi denses qu'une nuée. » Si Frank n'avait pas été si occupé à reluquer la serveuse, il aurait sûrement sommé Alan de la boucler.

À l'extrémité de la banquette, une vieille femme papotait avec son teckel. Le foulard rouge qui enserrait son cou contrastait avec sa tunique noir et blanc. Ses genoux se touchaient précautionneusement pour cacher sa culotte. Le petit chien était couché sur elle et jappait de temps en temps. Elle murmurait à son oreille, lui confiait des secrets. Le rouge ressortait vraiment bien avec les rayures de sa robe.

— Blanc et noir, lâchai-je. J'interrompis les gars dans leur discussion.

— Comment ça, blanc et noir ? interrogea Alan.

Lors de la sortie canoë, je leur avais décrit toute l'organisation que j'avais en tête, mais j'étais encore indécis en ce qui concernait les tenues d'apparat.

— On va s'habiller en blanc et noir. Pas de chapeau. Une cravate rouge.

— Hum... ça me semble pas mal, acquiesça Frank qui but d'une traite le reste de sa bière. Tu veux quoi ? Costume noir et chemise blanche ?

Je montrai du doigt la petite vieille qui livrait ses confidences à son chien.

— Non, je veux ça.

— Une robe ? fit Alan.

— T'es con, Sedi, ou tu le fais exprès ? ricana Frank.

— Doucement, les gars. Alan, je parle bien évidemment des motifs sur sa robe, tempérai-je. Costume noir avec de légères lignes blanches, chemise noire et cravate rouge. Les mecs étaient dubitatifs. Je poursuivis. Allez les gars, il faut se distinguer, faites-moi confiance un peu, on va avoir de l'allure.

— Et moi ? murmura Mingus.

— Ben toi, tu auras toujours ton scaphandre de cal ligraphe.

— Je m'en doutais, soupira-t-il.

On avait presque l'impression qu'il boudait. Alors je tentai de le rassurer.

— Mais tu auras un scaphandre neuf.

— Je pourrai le choisir ?

Les yeux de Mingus étaient pleins de gratitude, à moins que cela ne trahisse une envie de me démembrer.

— Oui, bien sûr, Lars, tu pourras le choisir.

— Et les masques ? T'as pensé à quelles sortes de masques, Émile ? demanda Frank.

— Il n'y en aura pas.

Ils me regardèrent, les pupilles aussi rondes que des poissons-globes.

— Il n'y aura plus de masques. Je veux que l'on soit une équipe forte, que l'on soit fier de ce que l'on fait. Fini l'anonymat. Fini de se cacher.

Nous étions arrivés dans ce bar le torse bombé et nous nous pavanerions comme des princes, pensai-je.

— Enfin t'as pensé aux conséquences ? couina Alan.

— Moins fort.

Frank lui adressa un signe des doigts pour qu'il baisse de volume. Je repris :

— Jimbaud a dit une fois qu'il faut se nourrir de ce que l'on nous donne. Parfois même de ce que le monde nous jette dessus. Ça marche aussi si l'on ne veut pas avoir l'estomac vide. On n'avance pas bien loin le ventre vide. Si on vous lance des crachats, il faut vous en nourrir. C'est difficile, je sais. En tout cas, moi, pour avancer, je me nourrirais de crachats marinés dans les gorges chaudes.

Ils se turent une bonne minute, pour Mingus c'était habituel. Il avait un petit sourire en coin, je venais certainement de réaliser l'un de ses rêves. Frank rompit le mutisme du groupe.

— Je te suis, Émile. On ne peut pas dire qu'on a beaucoup de famille et d'amis ici. Et puis, j'crois que t'as raison dans le fond. C'est notre métier, pourquoi s'en cacher ? On est admirés par plein de monde.

— On n'a pas que des admirateurs, lâcha Alan. Frank et Mingus le fusillèrent du regard. Enfin euh… c'était pour préciser. Il ne faut pas négliger cet aspect aussi. Sinon, je te suis, Émile.

— Et toi, Lars ?

Pour la première fois en un peu plus de trois ans, nous perçûmes la grâce sur le visage de Mingus.

Chapitre IX

« Un cauchemar m'apparaît certaines nuits.

Il débutait en haut d'un escarpement sableux bordé de falaise. En bas, dans la petite crique, stagnait sur le rivage un minuscule marécage. Il faisait nuit noire et, dans ce ciel de charbon, une lune pâle peinait à se faufiler à travers d'opaques nuages.

Sur la plage, entre le marais et l'océan, deux silhouettes légèrement éclairées me semblaient familières. Elles s'évaporèrent, leur soudaine disparition me terrifia et je me mis à dévaler l'escarpement qui menait à la plage. Je sautai par-dessus un gros rocher et m'enfonçai dans une matière visqueuse. L'orbe dans le ciel me caressait avec ses rayons opalins tandis que mes pieds se paralysaient. J'allumai une lampe torche pour découvrir l'endroit où j'avais atterri, une tourbière aussi dense qu'une coulée de lave. Ma lampe tomba dedans, je tentai de la ramasser. Mes mains furent engluées et aussitôt aspirées par la matière. Englouti jusqu'à l'épaule, je me mis à hurler. Mes lèvres plongèrent dans cette épaisse substance, elle étouffait chacun de mes cris, entravait chaque arrivée d'air. L'asphyxie dura d'interminables secondes. Au moment où je sentis l'imminence de la mort, je m'étais extrait pour rouler sur la plage, sauvé in extremis par un curieux tour de magie. Je me retrouvai nu, recouvert de la tête au pied de cette matière poisseuse. L'environnement alentour se désagrégea, fondit à la façon d'une cire exposée à une forte chaleur. Je courus en direction du rivage, le longeai à toute vitesse pour ne pas être enseveli.

Je demandai de l'aide. Une ombre sortit d'une bicoque en haut de la falaise. Elle se mua en une grande forme féminine. Sa longue taille me rendait petit, mon front ne dépassait pas son giron. Lorsque je m'approchai pour l'observer de plus près, je me réveillai.

Une terrible tristesse m'accapara et je terminai la nuit, me ressassant jusqu'aux aurores les images de ce mauvais rêve. »

Nous répétions les séquences sur la nouvelle allégeuse avant l'allégement de la semaine prochaine. Frank aidait Mingus à installer les montants verticaux. Nous avions refait plusieurs dizaines de fois la procédure et étions lessivés. Alors, pour détendre l'atmosphère, Frank se lança dans une imitation de Jimbaud en train de mâchouiller son cigare et tout le monde se bidonna. « L'éthique, les jeunes, l'éthique, répétait-il, dans une société qui ne pige plus rien de rien, les sursauts éthiques sont des pépites d'or brut au milieu d'un torrent de merde. » Frank poursuivit son numéro d'imitateur : « Le criminel explique à lui tout seul pourquoi l'on passe autant de temps à bichonner notre engin. Tout doit être bref, les jeunes. » Jimbaud avait raison, tout devait être rapide. Nous devions vite effacer l'allégé pour que la société passe aussitôt à autre chose. Mais si elle oubliait rapidement, moi pas. Alan m'aida à fixer l'aiguisant à la fonte, nous passâmes la drisse sur la poulie et nous le tirâmes avec Frank jusqu'au chapiteau. Mingus apporta une énorme pastèque et la coinça dans la lunette. J'actionnai le levier. Mingus qui avait à peine reculé, reçut une volée d'éclats de pastèque dans le visage. Il délogea les morceaux collés autour de sa bouche avec la langue.

— T'as alourdi l'aiguisant ? m'adressa Mingus de sa voix de velours.

— Oui, j'ai fait rajouter de la fonte sur le mouton et j'en ai profité pour faire agrandir la taille de la machine et augmenter le poids des montants.

— C'est pas mal ça, opina-t-il ensuite de son crâne d'ogre.

On doit s'occuper de qui ? T'as des infos ? demanda Alan.

— Sûrement un splendide enculé, siffla Frank.

— Frank, ne rentre pas dans ce petit jeu-là, s'il te plaît. Souviens-toi de la formation. Pas de jugement. Ce n'est pas notre rôle de juger. La personne qui doit alléger un mec de la pire race des salopards sera toujours plus considérée au moment fatidique. Son geste sera bon, puisque de toute façon le condamné ne mérite plus d'exister. J'ai toujours dit qu'il ne fallait pas rentrer dans ces raisonnements-là et rester neutre envers les futurs allégés. S'il y a de vrais salauds, il y a aussi des un peu moins salauds. Et peut-être même des gars qui ne méritent pas d'être allégés ou sur lesquels subsiste un doute. Pas de distinguo, je le dis toujours, sinon c'est à se triturer le crâne sans fin. Les distinguos, c'est le boulot de la Justice et de l'Administration, qui sont toujours justes. Si elles estiment que le jugé doit être allégé, c'est qu'il le fallait. Nous, on ne fait qu'appliquer la sentence. Point barre. On nous a légué ce rôle précis à jouer, avoir le geste sûr. Il faut être parfait dans le protocole pour aboutir à ce dernier.

J'avais eu Dorval et Frings sur le cellulaire pour acter la levée d'anonymat. Ils insistèrent pour faire venir la presse à la dernière répétition. Bien que réfractaire, j'avais quand même sondé l'avis des gars. Il s'avérait que c'était le meilleur moyen de nous jeter dans le grand bain.

Dorval et Frings étaient accoutrés comme des vendeurs d'encyclopédies en porte-à-porte. Dorval introduisit les deux personnes derrière eux. Un grand type avec un appareil photo et une jeune femme. L'homme gardait sa bouche grande ouverte et ses yeux sautaient toutes les dix secondes. Un demeuré, pensai-je. Dorval le présenta : « Gustave Diss, l'assistant-photographe de Mme Shreder, grand reporter pour le Journal. » La reportrice était une superbe brune avec deux lagons bleu clair à la place des yeux. Je ne savais pas combien de nageurs avaient plongé dedans. Sûrement beaucoup. En tout cas, avec son allure d'impératrice, nous ressemblions tous à des hommes des cavernes à côté d'elle.

Gustave Diss tendit la main à Frank. Frank s'était

épongé le front avec le dos de la sienne avant de la lui serrer. Diss s'essuya discrètement sur son pantalon avant d'empoigner celles d'Alan, de Mingus et la mienne. Mme Shreder ne décrochait pas un mot. Elle hochait juste la tête par courtoisie. Elle sortit ensuite un bloc-notes de son sac à main et me fit signe de m'approcher d'elle. Nous nous mîmes à l'écart des autres pendant que je m'entretenais avec elle, afin de ne subir aucune interférence. Je pris le ton de l'expert, Jimbaud nous l'avait appris. Frank et Mingus avaient pas mal de difficultés dans cet exercice-là. Frank ne savait pas construire une phrase intelligible et Mingus préférait de loin le silence. J'enviais Mingus.

La première question de Shreder partait bien, elle concernait l'anonymat, mais les suivantes me parurent saugrenues… « Monsieur Drascher, stérilisez-vous la lame ? » Je faillis lui rire au nez, mais je devais rester sérieux. Ses lagons à elle contenaient des eaux peu profondes, calmes et tout aussi sérieuses. Ils scrutaient de temps en temps derrière mes épaules. « Stériliser la lame, c'est ridicule, fis-je, c'est de l'énergie dépensée pour rien, mais dites-vous que je connais des allégeurs qui stérilisent l'aiguille avant l'injection. C'est notre déontologie. » Je monopolisais sans le vouloir l'attention de tout le monde. Celle de Shreder et des autres. J'avais le sentiment d'être à ma place dans ce doux après-midi. Après la séance de photos, les lagons et les vendeurs d'encyclopédies s'éloignèrent pour faire place à de gros nuages bien dodus. Noirs de fumée, ils flottaient dans le ciel comme des carcasses à la dérive. Nous rejoignîmes l'immeuble avant qu'il ne pleuve.

Chapitre X

L'article avait eu son petit effet, avec trois pages dans le journal et ma photo. Mon œil au beurre noir avait presque disparu. Je ne savais pas ce qu'avait généré cette levée d'anonymat. Dans la rue, certains me dévisageaient déjà. Mais personne ne me prêtait attention à la salle de sport. À croire qu'aucun pousseur de fonte ne lisait les journaux. J'étais venu pour la première fois à pied à la salle. Elle était éloignée d'un bon quart d'heure de l'immeuble. En règle générale, les gars et moi nous déplacions peu dans les rues. Était-ce peut-être un réflexe que nous avions conservé de Zukhabar ?

Aujourd'hui, pas de type à la queue-de-cheval. Je me le représentais sillonnant les rues avec son maillot de corps à la recherche d'autobronzant. Je soulevai un peu de poids libres, des haltères principalement, et mes muscles se congestionnèrent. Ils se gonflaient de puissance. Après ma séance, la douche du vestiaire nappa mon corps d'un torrent divin. Je me sentais béni des dieux. Ma peau se desquama. Je muais sous l'eau. Au sortir de la musculation, un nouvel Émile Drascher était né.

Je me confrontais sur le trottoir à ces mêmes personnes que je côtoyais dans les bars. À jeun, je ne m'estimais pas si différent d'eux. Plus je m'enfonçais dans la ville, plus ses murs me paraissaient blafards et plus le carrousel des gens qui rentraient et sortaient par les portes-tambour s'intensifiait. Des portes, des portes partout. Une kyrielle de portes. Personne ne m'invitait à les franchir et j'eus cette impression tenace que l'on me laisserait toujours au seuil de celles-ci. Dieu sait ce qu'il se passait derrière.

J'approchai d'un groupe de purotins effectuant leur manche. Je ne pouvais pas les louper. Ils étaient sales et malingres, entaillés comme des bâtons par la rue. Ils zonaient autour des escaliers du centre commercial, sur quatre mètres d'ennui, à s'imbiber chacun d'alcool et des tristesses de l'autre. L'un d'eux, un « crêteux », hélait les passants, leur aboyait dessus et renversait sur le trottoir sa bière à neuf degrés. Sa crête de couleur rouge en forme de scie circulaire jaillissait de son crâne. Il voulut me parler, je fouillai ma poche pour en extraire mon cellulaire et simuler un appel spontané. Il se détourna de moi. J'évitai ainsi de justifier mon manque de monnaie. Ma main collée à l'oreille cachait la moitié de mon visage, je guettais quand même l'iroquois du coin de l'œil de crainte d'une mauvaise réaction de sa part. À mon passage, il roula des yeux furibards, je le dépassai. Je me crus tiré d'affaire mais une main rugueuse agrippa la sangle de mon sac de sport. Je serrai le poing et pivotai. Je me préparai à cogner dur et vif.

— Tu dis plus bonjour ? lança le type qui me retenait par la lanière. Il redressa la visière de son bob. Ruben.

— Bon sang, j'ai failli t'en mettre une !

Ruben me donna l'accolade. Il sentait un mélange de bière, de sueur et de lavande. Avec toujours ce regard figé, quelle que fût son humeur.

— On t'reconnaît pas. Ça change un homme, ces con-lonies.

À l'instar de sa sœur, Ruben détestait les colonies. Depuis petit, il les baptisait les « con-lonies ». Il avait tendance à dire que là-bas il n'y avait que des cons-finis – sous-entendu les miliciens – et des conflits. J'aurais aimé lui répondre que ce n'était pas aussi mauvais que ce qu'il s'imaginait, mais je n'avais pas envie de rentrer dans un débat sans fin.

— Oui, ça change un peu. Je suis content que tu sois parti.

— Les médecins m'ont laissé… Enfin si je prends bien mon traitement. Pour fêter ça, je bois des coups avec les copains.

Ruben me les présenta, Pollux le créteux continuait d'alpaguer les passants, Staniche et Tetel éclusaient leur bière en silence, l'expression aussi morne que les marches en béton sur lesquelles ils étaient avachis. Je leur fis un signe poli de la main pour leur dire bonjour, ils ne bronchèrent pas.

— Ne te fais pas de bile pour ta sortie d'hospitalisation, tu as quand même Alma qui veille sur toi, Ruben.

Il s'esclaffa bruyamment en se tapant la cuisse. Les gens dans la foule se retournaient.

— Alma s'est barrée il y a cinq jours rejoindre les darons !

— Comment ça ? dis-je.

— Elle est partie à l'étranger avec son mec, le métis.

— Son mec ? Christopher ?

— Ouais, j'crois que c'est le prénom qu'elle a dit. Ils sont partis vite.

— Elle t'a laissé ?

— Ben ouais. J'ai pas de problème avec ça, c'est pas étonnant. Elle n'a jamais aimé cette ville, ni même ce pays. C'est devenu trop pour elle.

— Tu sais quand elle reviendra ?

— J'sais pas, elle a pas dit.

Je laissai Ruben zoner avec ses camarades trop abîmés pour vivre. Les purotins prenaient des trucs qui tuent afin de supporter la vie et les mauvais souvenirs. Ils allaient dormir dans un squat ce soir et se biturer jusqu'à s'assommer.

Christopher ne m'avait pas menti à la fête. Alma avait changé, avant elle ne serait jamais partie avec quelqu'un de fraîchement rencontré. J'envisageai un long voyage pour la famille Van Verdriet. Leur villa à la piscine grande et bleue resterait inoccupée pendant encore un bon bout de temps.

Je ruminai durant toute la soirée, les gars s'en aperçurent et me laissèrent tranquille. Si Alma était partie depuis cinq jours, elle n'avait pas pu lire l'article. Les photos gratifiantes de Diss lui auraient fait prendre conscience de mes responsabilités, de l'importance de mon rôle.

À défaut d'avoir été prévenu de son départ, j'aurais au moins voulu une réaction de sa part, bonne ou mauvaise, savoir que j'existais encore un peu dans son monde, qu'elle pensait à moi. Je ne détenais aucun moyen de la contacter, elle n'avait rien laissé, pas d'adresse, pas de numéro, avait dit Ruben. Elle prenait le large avec Christopher. Ce type. Un barbot. Je pariais qu'entre deux gonflements pectoraux, il s'imaginait déjà tout connaître d'elle. Je perdis le fil. Un poulpe formé de bile sombre s'agrippait à mes entrailles et ne cessait de se frayer un chemin jusqu'à ma gorge. Je n'avalai rien ce soir.

Étais-je jaloux ? Non. Mais elle me traitait de la même manière qu'un étranger. Plus grave encore, elle me rejetait. Je préférais égoïstement qu'elle meure. Je me sentirais moins comme un paria puisque je partagerais son silence avec les autres.

« Lorsque Jimbaud commençait une longue explication, il s'installait sur un haut tabouret et dominait la salle de formation. Il ajustait ses petites lunettes rondes et ses joues se creusaient, signe de concentration. Quand il nous expliqua en détail le scaphandre, il avait une barbe de trois jours et les cheveux en bataille. Il affichait un air grave au seuil de la mélancolie. Ses petits yeux d'un marron triste faiblissaient derrière ses binocles. Pendant ces moments-là, personne n'osait l'interrompre, chacun restait silencieux. Marcel Jimbaud, malgré son air timoré, était un homme plein d'aplomb et consciencieux. Ses mains fines et dépourvues d'aspérités témoignaient de sa méticulosité. Le scaphandre était l'équipement du calligraphe. Nous l'appelions ainsi car il ressemblait au fameux dispositif de plongée. Je trouvais qu'il avait plus l'apparence des combinaisons de vulcanologue. La matière faite à base de métal était conçue pour résister aux nettoyeurs haute pression. Il fallait au moins ce genre d'outils pour déloger jusqu'aux derniers les copeaux récalcitrants et le liquide coagulé. La tenue était imperméabilisée pour prémunir le calligraphe de tout contact direct avec les hectolitres d'encre qui allaient l'asperger. Les gants rembourrés complétaient l'ensemble, ils étaient censés protéger les mains en cas de chute accidentelle de l'aiguisant, mais cette protection était illusoire, les doigts, mêmes protégés, étaient soit tranchés par la lame, soit transformés en pâtée pour chat. »

La pluie fonçait les trottoirs et les façades. Alan vint frapper à ma porte pour me proposer d'aller au cinéma. Il avait obtenu deux tickets par l'intermédiaire du secrétariat du palais de Justice. Il avait déjà proposé à Frank et Mingus, je détestais encore plus le cinéma qu'eux. Ils avaient décliné l'invitation, je constituais donc la dernière alternative d'Alan. J'allais refuser mais il semblait défait. Il paraissait plus soigné avec son crâne tondu et ne sentait pas mauvais, il s'était aspergé d'un après-rasage bon marché. Malgré tout, je ressentais le besoin de me changer les idées. Je gambergeais sans trouver le sommeil. Je faisais les cents pas autour de mon lit, marquant la moquette de mon empreinte à chacun de mes allers-retours. J'éprouvais donc le besoin de m'évader pour ne pas sombrer dans le précipice qui se creusait à l'intérieur de ma chambre. La face désabusée d'Alan s'illumina aussitôt après que j'eus acquiescé. Je voyais pour la première fois que son visage dégageait un air doux.

Il pleuvait, nous appelâmes un taxi. J'informai Alan que dans les jours à venir, l'Administration prendrait en charge tous nos déplacements. Alan régla la course. Pourtant, ce n'était pas le genre des gars de l'équipe de dépenser leur argent sans contrepartie. J'estimai qu'il se montrait généreux parce que j'avais accepté de l'accompagner. Grâce à moi, Alan avait échappé ce soir à la déréliction. Jimbaud l'aimait bien ce terme : « déréliction », ça faisait savant et religieux. Il nous disait que la plupart des gens que nous allions alléger étaient en proie à cette forme d'abandon. D'abord délaissés, ils abandonnaient à leur tour. Jusqu'à oublier les conduites qui régissaient les interactions humaines. Ils s'éloignaient de l'humanité entre autres. Mais nous, les allégeurs, nous les épaulions pour sortir de ce monde.

Toutes les rues dans cette fichue ville étaient à sens unique et le taxi nous déposa au plus près du cinéma, sans parapluie. Nous pressâmes le pas. Devant l'entrée, un enfant qui ne devait pas avoir plus de cinq ans jouait dans les flaques avec un gros ballon violet. Il endossait un ciré identique à celui que je portais lorsque je cherchais les trésors dans les estrans à marée basse. Le ballon roula dans notre direction et l'enfant le regarda s'éloigner sans bouger. Alan lui fit une passe du plat du pied. Le gosse resta figé. Sa mère qui retirait de l'argent au distributeur d'à côté le prit précipitamment par la main, ils disparurent dans une ruelle.

À l'intérieur du cinéma, nous empruntâmes les escalators pour nous rendre à l'étage. Alan acheta un grand pot de pop-corn et des bonbons, puis l'ouvreuse nous indiqua notre numéro de salle. Alan savait que je détestais le cinéma. Afin d'anticiper une réaction négative de ma part, il tenta de me rassurer : « Tu verras, c'est un film d'action, tu ne vas pas t'ennuyer. » Action ou pas, le fait d'être enfermé deux heures dans le noir à mater des images m'ennuyait déjà. Nous nous installâmes sur les sièges du milieu au dernier rang, les meilleures places d'après Alan. Devant nous, un couple se chamaillait. Alan me tendit le seau de maïs soufflé que j'écartai d'un revers de main. Il me proposa des bonbons, je lui dis que je n'aimais pas le sucre. Il s'était fait présentable, il m'avait payé le taxi, maintenant il me tendait les sucreries. Ça ressemblait à un rancard. Je me demandais s'il n'avait pas viré sa cuti entre-temps.

— T'as des infos sur le futur allégé ? demanda Alan.

— Non, je ne me suis pas trop renseigné. Apparemment, c'est un type qui a violé et tué une joggeuse. Elle respirait encore quand il lui a foutu le feu. Elle était jeune et sportive, elle avait une petite fille de trois ans.

— Tss-tss, c'est quoi le nom de ce taré ?

Les lumières s'éteignirent.

— Je ne sais plus, taisons-nous, le film commence.

Pendant la projection, un monsieur obèse sirotait bruyamment son soda. Ses bruits de déglutition m'extrayaient définitivement d'une séance à laquelle j'accordais déjà peu d'intérêt. Le gros type était tout proche, assis derrière moi. Il était si gras qu'il utilisait son bide comme un plateau pour sa cannette et son seau de pop-corn. Il reposait ses mains potelées sur ses accoudoirs graisseux, après les avoir préalablement essuyées sur son pantalon. J'imaginai la façon dont il faudrait s'y prendre pour manipuler un gabarit similaire. Une fois le ventre contre la planche, nous serrerions fort son dos avec des cordes pour lui aplatir la brioche. Comme si un géant tassait de la pâte à modeler entre ses doigts monstrueux. Le gros monsieur serait ainsi à la bonne hauteur pour rentrer dans la lunette. Son gros corps comblant tout l'orifice. Générique de fin. Le film était terminé. Un navet. Il n'existait aucun film qui allait à l'essentiel.

Je ne connaissais qu'une seule chose qui allait l'essentiel : l'allégeuse.

Chapitre XI

La déprime m'indisposait plus que le trac. Je n'avais pas fermé l'œil de la nuit. Hier jusqu'à très tard, j'avais inspecté l'installation et le déclencheur pour m'assurer de son bon fonctionnement. Je ressassais ces derniers jours de répétitions à l'affût de la moindre négligence. Mise en place, contrôles et tests. Base transversale, entretoises, montants, lunette, aiguisant… Pour cette pièce métallique, Mingus m'avait aidé. Un vieux proverbe trottait dans toutes les têtes d'allégeur : « Donnez-moi une dizaine d'heures pour organiser un allégement, j'en passerai neuf à régler l'aiguisant. »

Une auto à six places aux vitres teintées vint nous récupérer, Frank, Alan et moi. Le chauffeur me tendit, sous la pluie, une enveloppe contenant des insignes avec le labrys et la pelta que nous devions épingler sur le revers gauche de nos vestes. Le badge similaire aux nôtres qu'arborait le chauffeur illuminait sa poitrine comme un fanal. Nous avions mis nos costumes tout neufs, noirs, striés de blanc, avec la cravate rouge. Ainsi vêtus, nous resplendissions, taillés dans l'onyx. Des gouttes aussi grosses que des œufs d'étourneau s'écrasaient lourdement dans les rues. La voiture glissait lentement dans les avenues. Il était huit heures, l'heure où tous les étudiants se pressaient d'aller en cours. Ils étaient un peu plus jeunes que nous. À travers la vitre, je les observais courir sous l'averse jusqu'aux entrées d'immeuble. Leurs parois offraient de nombreuses cavités dans lesquelles s'abriter.

Le chauffeur s'arrêta au rouge. Mon attention se porta sur une femme sous un porche avec une allure trop familière pour être ignorée. Elle portait les mêmes vêtements qu'Alma, se mouvait avec la même gestuelle. J'étais presque certain qu'il s'agissait d'elle. Seules les gouttes d'eau qui suintaient sur la vitre côté passager et déformaient cette silhouette me faisaient douter. Je m'apprêtai à demander au conducteur de me déposer là. La goutte fut chassée par une autre et coula sur la portière. L'auto redémarra au vert. Ce n'était pas Alma.

Les alentours du palais de Justice étaient déserts. Dans le temps, une foule accueillait les allégeurs masqués. Maintenant que nous étions à visage découvert, il n'y avait plus personne. Ce paradoxe s'expliquait facilement puisque durant le début du mandat de mon père, les dates d'allégement furent cachées au public. Seule la presse était informée. Elle serait présente aujourd'hui et posterait le lendemain un article pour prévenir les citoyens de la fin du jugé.

La voiture se gara sur une place réservée à l'arrière du palais de Justice. Le chauffeur déverrouilla les portes. Arrivés plus tôt pour revêtir sa tenue spéciale,

Mingus nous attendait. Je devinais l'esquisse d'un sourire derrière le casque du calligraphe et la cicatrice juste au-dessus qui balafrait son philtrum. Tous les quatre, nous traversâmes le parking et franchîmes plusieurs portes pour gagner l'ancien patio, vide pour le moment. Mingus fit le pied de grue aux côtés de l'allégeuse, tandis que les autres et moi saluâmes le jugé. Ce dernier avait été traîné jusqu'au Greffe par les miliciens et nous devions prendre un instant pour lui autour d'un dernier verre. Le condamné était dans de bonnes dispositions aujourd'hui. Il but un premier schnaps et en demanda un deuxième. Il grilla ensuite une clope. Je sentais que ce n'était pas pour gagner du temps, mais plutôt pour rassembler son courage. Il éclusa son verre en deux traits. Nous gagnâmes de nouveau la cour des allégeurs. Le personnel du palais de Justice et les journalistes accrédités se placèrent. Ils formaient un public d'une douzaine de personnes. Le jugé restait docile et mutique. Nous l'assîmes sur une chaise pour couper le col de sa chemise à l'aide d'une paire de ciseaux de tailleur. Si l'on était droitier, il fallait échancrer de l'épaule droite à celle de gauche. Si le clerc-allégeur était gaucher, il lui suffisait de faire l'inverse. Nous aimions les échancrures bien larges, quitte à ce que le jugé ait le dos pratiquement nu. Frank, dans sa minutie habituelle, forma un demi-cercle parfait qui longeait avec précision le bas des trapèzes. À Zukhabar, Jimbaud obligeait Frank à s'entraîner tous les matins sur des centaines de chemises, jusqu'à ce que sa peau au-dessus de l'adducteur du pouce droit se cloque. Frank avait failli jeter l'éponge maintes fois. Il crachait par terre, injuriait stylistes et homosexuels, puis il se remettait à la tâche après s'être appliqué un tampon de ouate sur les phalanges endolories. Maintenant, c'était un orfèvre du découpage.

Diss le grand nigaud et Shreder aux lagons bleus n'en perdaient pas une miette. Le jugé était un jeune campagnard. On l'avait réveillé tôt ce matin et il conservait des gros châssis dans le coin de ses yeux. Ma mère appelait ça des « poussières d'étoiles ».

Une fois le col découpé, le jugé devint nerveux en voyant Mingus affublé du scaphandre. Avec sa grande taille et son air de robot, il avait de quoi intimider. Frank et Alan sanglèrent le condamné à la bascule. Nous le glissâmes aussitôt dans la lunette. Mingus empoigna ses oreilles et tira vers lui. Le jeune couina mais resta digne. Pas de pleurs, pas de cris. Pas de chichis. Mingus me fit un signe de la tête. J'actionnai le levier. Toutes ces années de préparation, ces semaines d'entraînement pour une demi-seconde d'une splendide perfection. Les poussières d'étoiles se volatilisèrent dans un panier.

Il n'y eut rapidement plus personne dans la cour. Les journalistes ne s'éternisèrent pas. Miliciens et personnel de justice poursuivaient leurs missions ailleurs. Seuls les assainisseurs s'affairaient, formant des vaguelettes pourpres avec le jet d'eau.

Ainsi, les poitrines des membres de l'équipe se dégonflèrent dans le silence d'un théâtre qui se dépeuplait.

L'entreprise de paysagisme faisait du bon boulot. L'herbe était taillée avec soin. Le jardin ressemblait à un terrain de golf, les haies se muaient en monolithes de serpentine. Les lierres qui recouvraient les murs du manoir resplendissaient autant qu'un sautoir serti de jade. Aucun risque qu'un passant le pense inoccupé. De l'extérieur tout paraissait entretenu, habité.

Les maisons vides et négligées attiraient les squatteurs et les curieux.

À l'intérieur de la baraque, un remugle âcre émanait toujours. Les balustres vert moisi de l'escalier qui menait aux étages supérieurs semblaient sur le point de s'écrouler à chaque marche. Je restai là un instant, au milieu de cet océan couleur cendre. La poussière s'agglutinait en strates aussi épaisses que la boue séchée après une crue. Je tripotais durant ce laps de temps ma nouvelle acquisition, une belle mallette en bois. Je l'avais rapportée pour entamer une nouvelle activité. Depuis mon premier allégement à Zukhabar, je cherchais un moyen de retranscrire au mieux mes impressions. Si je pensais au départ consigner mes ressentis sur un carnet, j'avais trouvé un autre support.

Je retins ma respiration avant de monter les escaliers prudemment. J'essayai de répartir mon poids, d'être le plus léger possible, la boîte solidement calée sous mon aisselle. Arrivé au deuxième, j'expirai. J'avais encore un peu de chemin jusqu'au grenier. Il avait toujours servi de débarras. Ma famille y entreposait des meubles, des malles et des objets datant de la création du manoir. Fossiles insignifiants emprisonnés dans la gangue de l'oubli.

Je dépliai la mallette sur une vieille commode recouverte d'un drap usé. Ses charnières neuves en laiton contrastaient avec tout le reste. Il était tôt, environ huit heures du matin et j'aurais terminé en début de soirée. Je devais déblayer tout autour, assainir, enlever un maximum de poussière, aérer, aérer et aérer. Après, seulement, je pourrais commencer. Il était là. Je l'avais monté au préalable dans un coin. Il patientait sagement. Ses montants et le pied tasseau demeuraient, immobiles. Son support se tenait prêt à être utilisé.

« La boutique de peinture était située dans le vieux bourg. Je ne reconnaissais plus l'endroit, tout avait été modernisé. Ils avaient démoli sans scrupules les architectures moyenâgeuses. Les maisons à colombages et les remparts incrustés de mâchicoulis cédaient la place à de hideuses baies vitrées aux éclairages froids.

Le vendeur me demanda quelle technique je voulais utiliser et il me dirigea vers le matériel. Je choisis l'un des plus grands chevalets. Ils me le livreraient en kit et je devrais me débrouiller malgré la complexité du montage. Le vendeur ne le savait pas mais les instruments, c'était un peu mon credo. Rien de compliqué là-dedans. Je lui annonçai que je repasserais pour compléter mes achats. »

Les journaux qui jouxtaient la mallette de peinture titraient « Le premier allégé depuis six ans » ; « Les allégements reprennent en Métropole ». Mon père avait été malade pendant trois années, l'incapacitant dans son travail. L'Administration n'eut personne pour le remplacer en Métropole et elle dut attendre la fin de ma formation.

Le condamné, un campagnard, changeait des harachins. Sa jeunesse m'avait surpris, il aurait pu être étudiant, devenir quelqu'un. Il avait préféré boire, se bagarrer dans les bals, aller en centre de détention, en psychiatrie, se droguer avant de commettre l'irréparable.

Le grenier était impeccable si l'on faisait abstraction des meubles entassés sur un seul côté. Dina aurait été fière de moi. Cette vieille fée du logis… Que devenait-elle ? Elle me manquait un peu. Après l'aménagement, je sortis dans le jardin prendre l'air avant de commencer à peindre le tableau. Les troènes formaient une façade en malachite. Ils captaient difficilement les rayons roses du soleil couchant.

La colle de peau avec un blanc à base de craie appliquée sur la planche de bois avait bien séché. Je débutai par un peu de couleur dans du solvant. Je ne savais pas trop par quel bout m'y prendre, mais il fallait que je me lance. Que je sorte cette tête de ma tête. Toutes les bases se situaient dans le bouquin de peinture à l'huile que je n'avais jamais feuilleté jusqu'à la semaine dernière. J'esquissai un cercle imparfait et l'emplacement des yeux. C'était brouillon et ça puait l'essence de térébenthine. Je rajoutai de la peinture, en enlevai au couteau. Un travail laborieux, mais j'aimais le processus. Je peignis l'ombre sur son front avec un bleu assez foncé. Il avait des petits yeux marron clair, ça contrastait assez. Je lui rajoutai ses crottes agglutinées sur les caroncules.

Je laissai sécher le tableau sur le chevalet, sic-ca-ti-ver ! J'articulais chaque syllabe de ce mot avec l'élocution savante de Maître Jimbaud et m'amusais tout seul.

Une fois le portrait matérialisé sur la toile, je passai enfin une bonne nuit.

Chapitre XII

Vingt heures trente, nous avions rendez-vous au sous-sol d'un bar pour l'anniversaire de Mingus. Je ne savais pas qui avait eu l'idée de cette fête, sûrement Alan, mais nous n'aurions jamais dû lui laisser le choix du bar. C'était une cave sordide aux multiples alcôves, dans lesquelles nous n'avions pas de mal à nous imaginer des parties fines à tendance sadomasochiste. Le service de restauration proposait également une carte explicite à base de brichetons et de cocktails aux liquides dorés. Frings apprécierait.

Nous sommes seuls et le vide amplifie l'écho de nos murmures. Nous nous attablâmes et commandâmes des pintes de bière brune. Se saouler, il n'y avait que ça à faire pour supporter ce bouge. Mingus affichait un sourire satisfait, l'endroit lui plaisait. Il dévora du regard le serveur qui apportait notre commande. Si je n'étais pas habitué à la singularité qu'affichait Mingus, j'aurais certainement frémi. Frank avait la tête des mauvais jours. Les pleurotes flasques qui lui servaient d'oreilles étaient sur le point de tomber dans sa chope, comme un couple de suicidaires sur le parapet d'un pont. Je le comprenais, il n'y avait rien à voir pour lui ici. Pas de filles. Pas d'hôtesses de charme aux formes rondes et chaudes qui ondulaient des hanches en passant devant lui. Pendant ces moments-là, son inquiétant instinct de prédation ressortait et il guettait ses proies pendant des heures entières.

Nous finîmes nos bières, Alan se força à faire des blagues vaseuses pour détendre un peu l'atmosphère. Il avait moins de talent que Frank dans ce domaine. Nos rires furent artificiels. Mingus prenait du bon temps, ça se voyait à ses yeux torves. Nous lui souhaitâmes un bon anniversaire avec des accolades et des coups de poing sur l'épaule, puis nous retournâmes dans nos appartements. Nous laissâmes Frank dans une alcôve avec sa prise du soir.

« Incapable de dormir, j'empoignai le bloc de papier qui gisait sur le sol de ma chambre. Un visage, une tête m'obsédait. Je m'installai devant mon bureau, j'ouvris le carnet au milieu. Il était immaculé, vierge de toute griffe. L'encre sous les rayons de lune dessinait des arabesques. Elles s'évanouissaient lorsque je tirais sur la chaîne de ma lampe de bureau. Une vieille lampe de banquier ayant appartenu à mon père. J'avais le choix entre un crayon, un fusain, des stylos et un feutre. Je caressai le papier, sentis le fort grammage. J'optai pour le fusain. Les traits se multipliaient furieusement et j'étais obligé de me récurer la paume de la main à mesure que le fusain rapetissait. Sans fixatif, j'utilisai une vieille bombe de laque pour cheveux de ma mère.

Je décollai mes fesses de la chaise, reculai. Un singe. Un visage d'homme aux traits simiesques, similaires à ceux de Christopher. Je déchirai la partie inférieure. J'enlevai le corps, le buste sous le cou. Maintenant la grosse face grimaçait seule au centre de la pièce. Une grosse gueule hirsute. Ses canines étaient deux coutilles. Il se montrait hostile. Il me menaçait. J'allai jusque dans la cuisine, j'allumai la gazinière. Aidé par la laque, mon dessin s'enflamma vite. Je regardai le papier se consumer dans l'évier. Il devint aussi noir que le fusain.

La tête horrible n'était plus là. Je l'avais extraite de ma mémoire, de mes pensées et je ressentis un intense soulagement. »

Elle éprouvait toutes les difficultés du monde à déglutir. Sa soupe tomba sur sa chemise en un agrégat de salive et de légumes moulinés. La petite aide-soignante brune était absente. Peut-être était-elle en roulement et bossait-elle dans un autre service ? Ça ne m'aurait pas déplu de la revoir, elle était gentille. Aujourd'hui, c'était une femme courtaude qui s'occupait de ma mère. Elle avait une tête ronde et rose avec un large sourire planté au milieu. Elle s'était appliqué un rouge à lèvres clair. Je situais son âge entre trente et quarante ans. Son visage était plutôt séduisant. Elle s'était montrée affable dès mon arrivée dans la chambre de ma mère, elle me proposa du thé et des biscuits. Je déclinai, je supportais difficilement les tanins.

Encastrée dans le mur, même émission de télé que la dernière fois. Les bruits de succion couvraient le son bas de la télévision. L'animateur blond s'agitait dans une mangrove avec sa machette. Je montai un peu le volume pour lutter contre ma solitude. Comme ma mère ne me reconnaissait plus, ma présence ne changeait rien à son quotidien.

Sa maladie ne semblait pas la faire souffrir, mais pour moi, la voir tous les jours était un rappel constant sur la mort lente. Celle qui rampait jusqu'à la ligne d'arrivée. Je dis à ma mère que je m'en allais. J'augmentai de nouveau le son de la télé avant de quitter la chambre. L'animateur blond s'accroupissait devant des tortues en train de copuler. Le teint cireux de ma mère paraissait plus jaune que ses draps. Le mec à la télé annonça que les sauvages du coin les cuisaient avec leur carapace et de la noix de coco.

La mort en marche lente était une vieille truie qui traînait les pattes et ne demandait qu'à être contemplée. Je resterai loin d'elle cette fois-ci. Je n'assisterai pas au blanchiment de sa peau. Pour mon père, j'avais fait un interminable surplace devant son lit, impuissant et sidéré. Je développais désormais une allergie de l'échéance. Celle qui peinait à venir alors que nous nous hâtions d'en finir. Je ne pouvais pas non plus ignorer mon angoisse du terme, la fin de la partie, et la douleur qui l'accompagnait.

Mon imagination prenait le relais quand mes yeux ne voyaient plus. Elle avait tendance à enjoliver la réalité. La chance… Je n'avais plus qu'à imaginer de douces images, une poignée de secondes par jour. Alors ma mère répondrait à mes questions du tac au tac, me dirait que tout allait bien, me chuchoterait des souvenirs d'enfance en me caressant le bras. Oui, j'allais me représenter ma mère pleine de couleurs. Juste quelques secondes et ça suffirait bien. Je décidai de ne plus retourner la voir pour le moment.

Je poussais cent dix kilos au développé couché pour un poids de corps qui en faisait soixante-dix-neuf. Ce n'était pas si mal. Je me maintenais en forme, travaillais à une santé convenable et me fortifiais pour exercer mon métier. Aujourd'hui, la salle de sport était vide. Plus tôt à l'accueil, l'hôtesse, une blonde énergique à la peau très blanche, m'avait interpellé, elle m'avait vu dans le journal. Elle avait écarquillé ses grands yeux clairs dès l'instant où j'avais franchi le tourniquet avec mon badge. « Oh, Drascher ! Émile Drascher ? C'est toi ? » s'exclama-t-elle en scrutant mon nom sur la console qui détenait une partie de mes coordonnées. On ne s'était jamais adressé la parole avant, hormis la fois où elle m'avait informé des réductions sur les protéines en poudre, disponibles à l'achat dans la boutique de la salle. Je lus le nom sur son polo moulant.

— Et toi, c'est… Leyna.

Elle se redressa et se pencha sur le guichet.

— Ma collègue Brune m'a dit qu'il y avait un allégeur dans la salle. Je ne la croyais pas jusqu'à ce que je tombe sur l'article.

Je cherchai mentalement une brune qui bossait ici et

finis par conclure que Brune devait être le prénom de la deuxième hôtesse d'accueil à la chevelure bien rousse avec des épaules d'haltérophile.

— Eh bien, c'est moi, fis-je. Je ne savais pas trop quoi lui dire. Elle était franchement jolie. Tous les gars de la salle essayaient de se la faire. Ils se balançaient d'ailleurs des trucs assez dégueulasses entre eux à son sujet. Lorsqu'elle leur tournait le dos, ils reluquaient comme des claquefaims les moindres coutures de sa tenue, apposée sur ses fesses galbées à la façon d'une seconde peau.

— Bon, continuai-je, à plus tard, je vais faire mes séries.

— Tu dois beaucoup t'entraîner, ça a l'air assez physique ton travail.

— Ouais, plutôt.

Je me rendis compte qu'en dehors du boulot, Je n'avais pas trop l'occasion de discuter. Je m'étais toujours considéré comme quelqu'un de sociable, mais dans le monde normal c'était tout l'inverse. J'avançais vers les presses pour le squat quand elle reprit :

— T'en as fait beaucoup ?

— Des salles de musculation ? demandai-je, dubitatif.

— Non, je ne parle pas de ça.

— Un peu, le temps que ça monte au cerveau, juste un peu.

Je n'avais pas envie de m'étendre sur ce sujet.

— Allez combien ? insista-t-elle.

— Je ne peux pas te le dire, je suis tenu au secret professionnel.

Elle pinça les lèvres, ses yeux perdirent en clarté.

— En tout cas, le dernier, il l'a bien mérité. Elle secoua la tête, souffla pendant que ses ongles percutaient en rythme le bois du guichet. Violer et tuer une mère de famille, personne ne va le pleurer, ce connard.

Je souris pour planquer ma gêne. Il n'y avait rien d'autre à dire et pourtant elle continuait :

— Vous voyez des thérapeutes ?

— Non, on est formés pour encaisser.

— Et Feodorac, tu sais où elle se terre ? Je n'y crois pas qu'elle ait disparu des radars !

Si Elisaveta Feodorac était célèbre au sein de notre corporation, elle l'était peu auprès des profanes. Sa connaissance du sujet me déconcerta.

— Tu t'es bien renseignée… Non, je ne sais pas.

Le téléphone sonna et elle m'oublia. Durant ma séance, le visage en ivoire de Leyna se reflétait dans les glaces. Elle baignait dans les éclairages vifs de la porte d'entrée et donnait l'illusion qu'une tête d'ectoplasme flottait par-dessus ses épaules, attentive au moindre de mes gestes. L'hôtesse se tordait sur sa chaise dans des spasmes nerveux. Nous n'étions que tous les deux dans la salle et je ne voyais pas ce qui justifiait un tel niveau d'inquiétude. De temps en temps, elle répondait au téléphone, mais ses iris clairs étaient toujours là, braqués sur moi tels des faisceaux. Ses yeux scintillaient. Je l'avais bien ressenti, cette attirance pour moi, une bête affamée qui se terrait dans le creux de ses orbites. Elle me dévorerait tout cru.

J'enchaînai les exercices de musculation pendant une heure et demie, obnubilé par Leyna. Elle n'était plus dans la salle. Je rentrais à l'appartement lorsque je reçus sans surprise un message d'elle sur mon cellulaire.

Chapitre XIII

Durant chaque début d'automne, les feuilles déjà rembrunies chutaient en tourbillon autour du plan d'eau. Des centaines de teintes fauves jonchaient ainsi les berges. Leyna m'attendait debout, habillée d'un legging de sport. Elle trépignait d'impatience, ses jambes toujours en mouvement se pliaient et se dépliaient frénétiquement. Lorsqu'elle me vit, elle courut et se jeta à mon cou. Je fus gêné par tant d'entrain mais je la laissai faire. Elle me bisa le menton. Leyna avait attaché ses cheveux en arrière. Un bandeau recouvrait délicatement ses fines oreilles et lui sertissait sa petite tête de porcelaine rougie par le froid. Elle ne me lâchait pas du regard. D'habitude, c'était moi qui ramais avec les femmes. Là, j'avais clairement Leyna à ma botte et je ne le désirais aucunement. Je laissais la domination de l'autre aux hommes avides de pouvoir. Seul le contrôle total de ma machine m'intéressait.

Nous fîmes le tour du plan d'eau, nous arrêtant à un ponton pour observer les canards plonger à la recherche de sauclets. Nous discutâmes de la pluie et du beau temps, elle aborda l'ambiance de travail dans la salle de sport. Elle me prit la main, je trouvais qu'elle allait vite en besogne. Sa compagnie ne m'était pas désagréable. Quand était-ce la dernière fois que j'avais eu un vrai contact féminin ? J'avais toujours traîné mes guêtres avec un gouffre affectif que la présence d'Alma comblait. J'aurais gravi des montagnes aux neiges éternelles pour elle, là où personne d'autre n'aurait escaladé un simple rocher.

« Il y a six ans, Alma et moi entamâmes une aventure tous les deux, qui dura deux années avant de s'effondrer. À l'époque, elle abordait régulièrement le sujet de la maternité, songeait à avoir un enfant. Mais elle observait régulièrement ma mère, accablée par le chagrin et l'ennui, recroquevillée à attendre sagement le retour de mon père. Elle entendait parler de notre famille, du destin qui nous incombait, de notre mission si particulière. Elle évitait déjà mon père, Maximilien Drascher, cette incarnation du mutisme, enfermé à double tour par les secrets de l'Administration. Elle ne voulait pas ce schéma de vie pour nous deux et un futur enfant. Elle le voulait libre comme elle, non assujetti aux lois et aux conventions. Alma aimait l'animation, le bruit, la musique, chanter et danser. Elle se mêlait aux grands espaces peuplés, se baignait dans des bains de foule. L'isolement et le silence la terrifiaient.

Chacun se détournait des Drascher, chuchotant dans notre sillage, cachés derrière la paume de leur main.

Si elle était restée avec moi, elle se serait privée de sa liberté, emmurée par l'aversion des autres. »

Je commandai un café et Leyna une mixture à base de jus de fruits pour « éliminer les toxines ». Le serveur du bar avait des sourcils épais et broussailleux en forme de moustache et des cheveux ébouriffés couleur cendre. Je lui trouvais un air de savant fou. Il déposa nos verres avec une précaution extrême.

Elle aspira goulûment son mélange rougeâtre en me fixant droit dans les yeux.

— Alors, cette boisson ? dis-je avec un ton un peu narquois.

— Franchement pas mal. Tu manges des fruits rouges régulièrement ?

— Non, je mange peu.

— Tu devrais essayer les jus. Les jus rouges à base de fruits des bois sont antioxydants. m'expliqua-t-elle.

— Je vois assez de liquides rouges comme ça, plaisantai-je. Elle rigola par politesse mais son ton changea. J'aiguisais sa curiosité.

— Tu as dû en voir beaucoup de ces jus, dit-elle.

— J'en ai vu, oui.

— Tu dois te sentir puissant de pouvoir faire disparaître quelqu'un en une fraction de seconde.

— Non, je ne me sens pas puissant.

— Quelle modestie ! rit-elle. Tu as un boulot si excitant… Je t'envie.

— Je me vois comme un accompagnateur. J'aide les personnes à éteindre leur feu intérieur.

— Tu parles comme un poète et je trouve ça beau... Je suis très attirée par toi.

— Tu es jolie aussi, dis-je, prudent.

— J'aimerais que notre relation se prolonge.

— Tu veux dire sortir ensemble ?

— Oui, j'ai toujours eu un faible pour les gens comme toi. J'ai su que c'était toi que je voulais quand je t'ai vu dans le journal, à la salle, c'était une évidence.

Son corps tout entier tremblait, traduisant un sentiment d'exaltation. Elle poursuivit :

— J'aimerais voir ta machine. Tu m'emmèneras la voir ?

— Ma machine ? L'allégeuse ?

— Oui, tu m'emmèneras ? insista-t-elle.

— C'est interdit. Pourquoi tu veux la voir ?

— Je voudrais savoir ta méthode, comment tu t'y prends. Ton *modus operandi* comme ils disent dans les films. Toucher le tranchant de ta lame.

Mon *modus operandi*… Ses pupilles noir et bleu étaient de grosses mouches attirées par les charognes. Leyna n'était pas fascinée par moi, elle l'était par la mort. Qu'étais-je pour elle ? Un émissaire de la Faucheuse ? Une goule ? Je n'étais pas sûr d'être le créateur si adroit du néant qu'elle recherchait. Ça ne tournait pas rond dans sa tête. Je réfléchis vite à une excuse pour la quitter, m'éloigner au plus loin de ses fantasmes.

— Laisse tomber, ça ne le fera pas nous deux.

— Qu'est-ce qu'il y a ? Je ne te plais pas ? gémit-elle.

— Non, ce n'est pas ça.

— Alors pour… pourquoi ?

— J'ai peur de m'engager et qu'une nouvelle idylle me détourne de ma mission, annonçai-je d'une manière très ampoulée, en exagérant mon empathie pour elle.

— Laisse-nous une chance.

— Désolé, Leyna, mais ce n'est pas possible, tranchai-je.

Je laissai un billet de dix, quittai le restaurant brusquement. Les yeux de Leyna s'embuèrent tandis que je me dirigeai vers le parking attenant à la retenue d'eau. Elle se tâtait le visage, comme si elle essayait de revenir à la raison, qu'elle franchissait soudain le seuil de sa propre apparence et prenait conscience de l'âme qu'elle abritait.

Devant les voitures garées, une nausée me gagna. Une odeur nauséabonde de charogne imprégna mes narines, ma gorge et mon estomac. Je cherchai un animal mort quelque part, je pensais d'abord à une souris mais c'était beaucoup plus gros. Un ragondin crevé peut-être ? Ils pullulaient aux abords du plan d'eau. J'étais proche d'une route, une carcasse de chat ? Un chien ? Un blaireau ? Un renard ? Une fosse commune ? Ou était-ce un cadavre humain ?

Les passants me dévisageaient comme si j'étais une gueule cassée à qui il manquerait la moitié du visage. Je les apostrophai.

— Et vous, vous ne sentez pas cette puanteur ?

— Non, mon vieux, vous délirez, l'air est normal, la ville, les champs. Vous délirez.

Je devais me rendre à l'évidence, pour une raison inconnue j'étais le seul à percevoir cette terrible odeur de chair en décomposition. Lassé, j'appelai le chauffeur, il me demanda s'il devait récupérer les gars et je le mis dans la confidence. Juste leur dire que j'allais bien, sans préciser où je me terrais s'ils posaient des questions.

Ce relent âcre de putréfaction m'empêchait de réfléchir. La ville qui défilait derrière la fenêtre de la voiture, ses porches fermés, ses parcs et ses façades lisses étaient les parois d'une boîte hermétique qui retenait la pestilence. Un contenant qui m'asphyxiait.

Je retournai au manoir et me remis à peindre jusqu'à succomber de fatigue. L'effluve ne me pourchasserait pas dans mon sommeil.

Chapitre XIV

« J'étais cloué au lit et la chaleur de Zukhabar exacerbait ma fièvre. J'avais avalé une saleté au Bastion, une viande mal cuite, et les douleurs stomacales me poignardèrent sur le chemin du retour. Dina m'épongeait le front et me forçait à m'hydrater. Je vomis immédiatement l'eau que j'avais avalée. Dina multipliait ses efforts pour puiser dans le puits, filtrer l'eau sableuse avec ses vieilles mains. Elle transpirait autant que moi. Quand mes crampes abdominales s'estompèrent, assise sur une chaise, Dina veilla sur moi. Je trouvais cela curieux et lui demandai :

— Pourquoi restes-tu ?

— Comme ça, dit-elle, lapidaire.

— Nous ne sommes pas du même sang. Enfin, je veux dire, tu es d'origine harachin, pourquoi te soucies-tu de moi ?

— Vos employeurs me payent si vous allez bien.

— Justement, je vais bien mieux… Mais là, le fait que tu restes, il s'agit d'autre chose.

— Je peux partir si vous voulez ? demanda-t-elle soudain craintive.

— Non, non, reste. Tu ne me déranges pas.

Dina soupira, elle se tordait les doigts et tapait le plancher de la pointe du pied.

— Vous savez, avant, moi j'avais une fille et un mari. Maintenant je suis seule. Alors votre compagnie à vous…

— Que leur est-il arrivé ?

— La milice les a pris.

— Ils sont morts ?

Ma curiosité était un peu maladroite et sa mâchoire se crispa.

— Mon mari, oui, exécuté car jugé rebelle. Ma fille, je ne sais pas. Quelque part ou morte.

— Je te rappelle ton mari ?

— Non.

— Ta fille ?

Elle réfléchit.

— Peut-être un peu. Elle ne riait jamais elle non plus.

— Jamais ?

— Non, jamais, comme si le sable avait remplacé sa joie.

— Je n'ai pas de sable et j'ai de la joie.

— Ah oui ? Vous devriez voir votre tête tout de suite, ricana-t-elle.

— Mais ça ne compte pas, je viens d'avoir une intoxication alimentaire ! protestai-je.

— Vous avez raison. Je vais vous laisser vous reposer.

— Oui merci Dina, merci pour votre aide.

Avant de redescendre à la cuisine, elle s'arrêta sur le pas de la porte. Me tournant le dos, elle me posa une dernière question.

— Dites, monsieur Émile, vous aimez les miliciens ?

— Je ne sais pas, Dina… Je ne crois pas.

— Vous colons, vous pareils, non ?

— Non, pas vraiment.

— Très bien. Alors je souhaite un bon repos à vous.

Au réveil, j'allais mieux. Dina s'était absentée de la maison.

En me servant un fond d'eau pleine d'impuretés à la cuisine, j'eus l'agréable surprise de voir la table recouverte de brioches, gâteaux et fruits juteux. Je ne sus jamais par quel miracle Dina avait fait apparaître ces denrées au milieu du désert. Pour la première fois de ma vie, je dévorai tout ce sucre avec appétit. Le jus riche des oranges ruisselait en quantité sur mon menton et mon estomac se dénoua d'un seul coup. »

Lessivé et à cran cette semaine, je tentai de cacher mon état aux autres. Rasé de près et la tenue nette, je me rendis de bonne heure au palais de Justice. La messagerie de mon téléphone était saturée. Des journalistes, des curieux, Leyna et mes collègues.

J'aidai Frank à monter l'un des montants verticaux lorsque Mingus me posa sa lourde main sur l'épaule. Sa bouche taillée dans de la chaille esquissait un sourire jaune. Frank et Alan marquèrent une pause pour considérer le colosse.

— Chef, susurra Mingus, prends ton repos.

Ça, c'était la meilleure, l'ogre cinglé qui se souciait de moi. J'étais sidéré.

— Ouais, repose-toi, lâcha Frank, t'as fait tomber deux fois la bascule et t'as manqué de flinguer le pied d'Alan tout à l'heure en manipulant l'aiguisant. J'sais pas ce que tu fous en ce moment, Drascher, c'est pas mes oignons, mais faut te ressaisir.

— Toi, la marmule, c'est nouveau, les autres t'intéressent ? Je me tournai vers Frank.

— Et toi, parle-moi autrement, c'est moi le patron ici, c'est moi qui décide si on se repose ou non !

— Ce que veut dire Frank, dit Alan, c'est pas pour t'emmerder. On s'inquiète pour toi et dans deux jours nous avons un double allégement. C'est deux fois plus de pression, deux fois plus de boulot. On ne sera pas capable si tu tiens plus debout. Tu devrais dormir cet après-midi, on a besoin de toi, Émile.

— OK, bon. Je ne suis pas en forme en ce moment, c'est vrai. Mais est-ce que j'ai déjà raté un allégement ?

— Non jamais, dit Frank.

— C'est vrai, t'assures, fit Alan.

— Moi, j'peux pas me fier à un mec qu'est pas capable de soulever une bascule et un aiguisant, marmonna Mingus. Si le chef est encore dans cet état, j'serai pas de la partie samedi matin.

— Tu ne peux pas, gros malin. Mon doigt peinait à s'enfoncer dans l'épaisseur de sa poitrine.Tu es tenu par tes obligations. Ce n'est pas moi qui le dis, c'est l'Administration qui l'impose.

— L'Administration dit surtout qu'en tant que calligraphe, j'ai le droit de louper un allégement dans l'année.

Et j'en ai jamais loupé.

— Ouais, il a pas tort, appuya Frank.

— Ça va, j'ai compris, je me tire. On reprendra après-demain. Continuez la répétition entre mecs toujours en forme puisque vous êtes les meilleurs du monde.

— Ne le prends pas comme ça, dit Alan.

Un parfum de biscuits à la vanille se dégageait de ses vêtements.

— Non, vous avez raison les gars, je promets d'être au taquet samedi.

Je les laissai en plan pour rentrer pour la première fois depuis plusieurs jours dans ma chambre d'hôtel. Je crois que le plus terrible là-dedans, ce n'était pas mon aveu de faiblesse, mais la senteur d'Alan, aussi douce et réconfortante qu'un câlin après la pluie. Alan-qui-pue, le schlingueur de première sentait l'héliotrope.

Depuis le plan d'eau, je traînais toujours l'odeur de putréfaction qui était apparue subitement, à la manière d'un monstre qui surgit du lit. Qu'était-elle ? Elle m'était si insupportable qu'elle rendait tout le reste supportable.

La femme pleurait. Nous l'empêchions d'embrasser son copain avant que ce ne soit terminé pour eux. Ce n'était pas de mon ressort, c'était la procédure. Pas de rapprochement physique entre les futurs allégés. Cela faisait partie des RCS, « Règles et Consignes de Sécurité ». Je pensais que de toute manière elle aurait tout le temps de lui faire des bisous une fois de l'autre côté. S'il y avait une vie après la mort. Je n'étais pas au pinacle de ma forme physique, mais je soulevais tous les outils sans défaillir. La veille, j'avais fait du zèle pour visser les derniers boulons de l'allégeuse et régler les derniers détails. Le dispositif était impeccable, mais les gars avaient besoin d'être rassurés.

Le couple était des escrocs d'une vingtaine d'années avec une histoire très classique. Presque trop classique. Le genre d'histoire que nous avions tous entendue, elle et lui étaient pauvres, il lui avait fait miroiter une vie meilleure à l'aide de cache-misères. Grosses voitures, bijoux, beaux vêtements et des fiançailles au soleil. La chouette façade qui planquait les fondations pourries. Ils déchantèrent vite lorsque le système de cavalerie qu'il avait monté avec ses proches « périclita », pour reprendre le terme du juge. Je ne connaissais pas les tenants et les aboutissants, mais il avait tout revendu. Ses bagnoles, ses montres, ses fringues. Ruinés, au lieu de chercher un vrai travail, ils menèrent des arnaques en porte-à-porte chez de riches handicapés, certains étaient de vraies planches à billets. Elle était amoureuse et évidemment elle l'avait suivi dans l'abîme. Y compris lorsqu'il alla au bout de ses idées et qu'il commença à étrangler des vieux friqués pour les dépouiller.

On la regardait dans le Greffe avec les mecs et on se disait qu'elle s'était bien fait berner. Trop naïve. Certains battements du cœur cognaient si fort qu'ils empêchaient de s'écouter penser. Elle n'avait rien d'une criminelle. Mais ce n'était pas à nous d'en décider, nous, on suivait le protocole. On en était le point final.

Nous débutâmes par le gars. Notre déontologie aurait exigé que nous nous occupions d'abord d'elle, mais c'était la première femme que nous allégions et elle était trop ébranlée par les évènements. Nous décidâmes ainsi de la faire passer en second pour lui laisser un peu le temps de souffler. Comme elle ne voulait ni alcool, ni cigarette, nous lui apportâmes un chocolat chaud sucré. Tout le monde était aux petits soins. Frank, par exemple, se montra d'une surprenante délicatesse lorsqu'il échancra le col de son chemisier et rasa les cheveux qui couvraient la partie basse de sa nuque.

Dehors, elle frissonnait de froid et de peur, effectuant des soubresauts à intervalles réguliers. Dans le silence de la cour, nous percevions uniquement le craquèlement du givre sous ses petits pieds. Alors Alan la couvrit d'un plaid sur les épaules qui l'aida à supporter l'attente. Quand ce fut fini pour son compagnon, elle tressaillit et réprima un cri entre ses lèvres. Des jolies lèvres. Elle faisait plus jeune que son âge. Dans d'autres contextes, Frank aurait pu lui proposer d'aller boire un verre. Je suis sûr qu'elle lui plaisait. Mingus veilla à ne pas être brutal au moment d'empoigner les cheveux. J'effectuai un signe de tête pour le remercier de jouer le jeu. J'avais espéré que les jolies lèvres rejoignent celles déjà installées dans le panier. Introduire un peu de romance dans la tragédie.

Gustave Diss, le journaliste aux yeux qui sautaient, m'interviewa pendant que les assainisseurs s'affairaient. Sa collègue aux lagons bleus était absente. Quand le grand nigaud ne parlait pas, il gardait sa bouche encore ouverte et de la buée s'en échappait en flux continu.

La mystérieuse odeur qui me persécutait ces dernières

semaines avait disparu avec le froid ces derniers jours. Je souhaitais qu'elle se soit évanouie pour de bon.

— Monsieur Drascher, est-ce que vous ressentez de la satisfaction quand vous réussissez un allégement ? demanda le journaliste.

J'adoptai toujours un ton d'expert.

— Monsieur Diss, dis-je, je rentre chez moi avec la conscience d'avoir été utile aux gens et avec la satisfaction du devoir accompli. Je n'ai pas d'état d'âme, c'est mon travail, j'ai été formé pour ça.

— Beaucoup de gens vous admirent, vous faites ce que personne n'ose faire et ce que tout le monde désire. Tout le monde souhaite que les dangers de notre société disparaissent et que les coupables soient punis.

— Je préfère que l'on parle de souffrances plutôt que de dangers. Notre rôle est d'apaiser la société de certaines de ses composantes qui la font souffrir. Si nous sommes la main, c'est la grande Administration qui chapeaute.

— Monsieur Drascher, avez-vous un mot à dire sur Elisaveta Feodorac ? Elle est partie des colonies sans laisser de traces. Certains parlent même de désertion.

— Je n'ai rien à dire à ce sujet et je n'en sais pas plus que les autres. Maître Feodorac est une légende pour nous tous. Elle a donné à la profession ses lettres de noblesse et porté très loin le labrys et la pelta dans les terres colonisées. Je suis sûr que l'on tirera au clair cette histoire.

— Pour finir, nous savons maintenant que votre père, Maximilien Drascher, était lui aussi allégeur, à l'instar de vos aïeux. Est-ce que vous regrettez qu'ils n'aient pas connu l'accueil dont vous bénéficiez ?

— Je ne me suis pas trop posé la question. C'était une autre époque avec beaucoup de monde qui assistait aux allégements. Et rester dans l'ombre convenait certainement mieux pour notre profession.

— Avez-vous un mot pour la fin, monsieur Drascher ?

— Oui, il ne faut pas oublier que l'on est une équipe et que mes coéquipiers ont été héroïques cette semaine. Sans eux, nous ne pourrions pas faire un aussi bon travail.

Brune, l'autre fille de la salle de musculation, regroupait sa tignasse rousse sur une seule épaule. Elle était immobile au comptoir, mais son regard me suivait au même rythme frénétique que le pendule d'une horloge. Leyna, sa collègue, avait dû lui parler de notre mésaventure. Je ne supportais plus d'être épié par des fanatiques, d'être le seul à être constamment scruté. J'étais un client comme un autre, qui souhaitait faire son sport dans les meilleures conditions. Le poids des yeux était devenu plus lourd que celui de la fonte, alors avant d'enchaîner les flexions avec barre, je fis demi-tour et mis fin à ma séance en quittant la salle. Lorsque je franchis le pas de la porte, elle continua de me lorgner jusque dans la rue, statufiée derrière son comptoir.

L'air qui planait au-dessus du trottoir était glacial, il s'immisçait à travers les différentes couches de mon survêtement. J'avais un doigt de pied sur deux qui s'engourdissait et le bout de mon nez me piquait. Le ciel s'épaississait et certaines de ses parties se craquelèrent en de grosses fissures beiges. Les gens habillés de gris et de noir marchaient comme des golems. Ils se croisaient sans se heurter. Leurs bouches en forme de caveau recrachaient une vapeur qui stagnait au-dessus de leurs têtes. Ces minces feux follets furent les seules choses qui s'agitaient dans la ville.

Je pris le même chemin que d'habitude pour rentrer à l'hôtel. J'avais promis aux gars de ne pas m'absenter ce soir. Autrement dit de ne pas séjourner au manoir et de répondre à mon cellulaire. Sur ma route, je côtoierai les purotins. Ils seront sur les marches des escaliers du centre commercial à aspirer la bière qui avait le meilleur coefficient entre le prix de vente et le degré d'alcool. Pour le goût, on repasserait. Si la pisse chaude d'un mouflon était moins onéreuse et contenait la même quantité d'alcool que leur bibine, ils se biturerait avec. Je ne détestais pas les purotins pour autant. J'avais l'intime conviction qu'ils pouvaient participer au monde dans lequel nous étions. Il y avait des gaillards parmi eux qui avaient peut-être l'étoffe des bâtisseurs. Mais pour participer à une quelconque mécanique, il ne fallait pas être une pièce usée, inutilisable. Le charpentier ne compte pas sur des clous tordus pour soutenir sa charpente.

Leur apparence renvoyait trop à ce que je ne voulais pas être. Elle incarnait l'absence de rectitude, le renoncement, le laisser-aller, la fuite de la volonté. Je pensais que nous les fuyions pour cette raison. Ils étaient l'image d'une humanité meurtrie, un rappel cruel et constant des mauvais chemins que l'on aurait pu emprunter.

De grandes affiches jaune et noir étaient placardées un peu partout sur les murs. Apparemment une mobilisation se préparait. J'en fus le premier surpris car il n'y avait plus vraiment eu de manifestations ces dernières années. Je me rapprochai des affiches, elles donnaient une illusion de mouvement. Dans un décor chaotique, des poings s'élevaient d'une émeute urbaine en direction d'un soleil étincelant. Les affiches énuméraient les raisons de leur lutte : « Colonies, milices, Administration, systèmes coercitifs… »

Sûrement le travail d'une poignée d'illuminés, pensai-je. Les responsables de ce mouvement contestataire allaient au-devant de graves problèmes. L'Administration réprimait fermement toutes manifestations, réunions de groupe et troubles à l'ordre public.

L'éclairage auréolait d'une couronne de lumières rondes et jaunes le sommet du crâne de Mingus. Le bar à l'ambiance de taverne ne désemplissait pas depuis notre arrivée. Il n'y avait pas grand monde dehors à cause de la neige et du froid. Ils se pressaient pour se mettre à l'abri. La couleur de crème périmée qui envahissait le ciel lâchait de gros flocons.

Frank était aux anges. Il avait gagné aux courses pour la première fois de sa vie et l'endroit était rempli de filles. La seule table disponible était située juste à côté des chiottes. Des petits lots « comme il les aime » défilaient, s'approchaient en foulées pressées, d'autres se faufilaient entre les clients sur la pointe des pieds. Les filles se rendaient aux toilettes seules ou à deux, et certaines se faisaient même brancher par des gars éméchés sur leur passage.

Frank exhibait les billets qu'il avait gagnés. Il se léchait les doigts et les comptait avant de les étaler sur la table. Il s'était mis en tête que le pognon attirait les femmes. Dans deux heures, il déchanterait et sa langue alourdie par l'alcool maudirait la ville entière. Peut-être même qu'il se défoulerait en déclenchant une bagarre. Même si ses oreilles ressemblaient à deux grosses figues sèches et plates, Frank n'était pas laid. Athlétique, plutôt grand, son visage comportait des traits assez réguliers. Il aurait pu plaire à la gent féminine s'il ne passait pas constamment pour un gros crétin. Les femmes ne pouvaient pas le sentir. Avec son petit sourire en coin, il dégageait une expression malsaine et lorsqu'il les scrutait, elles devaient se sentir déshabillées par son regard.

Je n'avais jamais vu Alan et Mingus parler à une fille. Je me posais moins de questions pour ce dernier… Qui voudrait s'approcher d'un ours cinglé de deux mètres ? Nous bûmes notre troisième pinte de bière. Des personnes dans le bar nous reconnurent et nous adressèrent un geste timide de loin. Aucun d'eux ne s'approcha.

L'article paru il y a deux jours dans le journal local titrait sobrement : « Les courageuses mains de la grande Administration ». Le journaliste, Gustave Diss, que j'avais pris à tort pour un demeuré m'avait surpris en pondant un article de qualité. J'appréciais notamment le passage dans lequel il nous comparait à des garagistes d'élite. Les seuls qui pouvaient « maintenir en état la mécanique » et « qui n'hésitaient à mettre les mains dans le cambouis ».

Je n'avais, en revanche, pas saisi la suite où il soulignait notre « acribie ». Jimbaud l'aurait compris en entier cet article. Le seul bémol, à mon sens, se situait sur la photo de la page 9. Elle nous représentait, Alan et moi, dans la cour. Ni les jugés, ni Frank, ni Mingus, n'étaient présents sur le cliché. Eux aussi auraient eu le droit d'être sur la photo.

L'agréable chaleur montait. L'ivresse douce nous berçait. J'appréciais toujours cette phase où l'alcool rendait Frank plus fin, Mingus plus sympathique et Alan moins poète. Il nous bassinait souvent avec sa mélancolie. Moi, j'étais plus bavard. Je voulus demander aux gars s'ils avaient remarqué les affiches sur les manifestations en centre-ville et si, le cas échéant, ils craignaient du grabuge, mais je me ravisai.

— Il l'aimait bien la petite, le Frank, murmura Mingus.

— Tu parles ! C'est plutôt Alan qui était amoureux. « Vous voulez une petite laine ? » qu'il lui a dit. Ha, ha, depuis quand on propose une petite laine avant d'alléger ? rétorqua Frank.

— Elle grelottait, c'est aussi notre devoir de prendre soin d'eux, argua Alan.

— Tu peux parler, Frank, raillai-je, tu as été aux petits oignons avec elle dans le Greffe et pour le découpage du col.

— Bon oui, c'est vrai, elle aurait pas pioncé dans la baignoire, la petite. Quel gâchis quand même, soupira Frank.

Il considérait la mousse dans son verre. Je m'apprêtai à tendre le bras pour rattraper l'une de ses oreilles avant qu'elle n'atteigne le sol. Puis Alan lui donna une bourrade.

— Bah tant pis, elle n'a pas fait les bons choix. T'en trouveras bien une qui aura la tête sur les épaules.

Nous éclatâmes de rire. Alan pouvait parfois être drôle. Mais si Frank était plié en deux, le buste de Mingus à côté de lui restait figé. Il ne riait pas mais il tint tout de même à participer.

— Elle a eu froid et maintenant elle a chaud, fit Mingus.

— Comment ça ? questionna Alan.

— On dit que quand on meurt on a froid. Mais moi je pense que quand on est mort on a chaud. Que c'est une étreinte au coin de la cheminée, poursuivit Mingus.

Nos rires se turent et Alan et moi dévisageâmes notre collègue mi-humain mi-bête, dans une sorte d'effarement. On entendait les blocs de neige chutant des toits, s'écrasant sur le trottoir comme des boules de fer. Frank éclusa son verre d'un trait et essuya l'excédent de bière sur ses lèvres d'un revers de manche, il rota avant de s'adresser à Mingus.

— Putain de merde, Lars, faut vraiment que t'ailles te faire soigner.

Chapitre XV

Avant l'aube, j'installai les plaques sur deux chevalets, j'en avais acheté un plus stable et plus robuste que le précédent, fabriqué dans un bois blond, de l'orme. À la place d'une toile de lin sur châssis, j'avais choisi deux panneaux de contreplaqué. Je frôlai du bout des doigts la surface finement poncée. La semaine précédente, j'avais apprêté ces supports. L'enduit lisse avait l'aspect du marbre blanc.

Avant de débuter, je sélectionnai les pinceaux les plus adaptés pour peindre mes tourtereaux. J'utilisais deux grandes tailles, une brosse carrée et un spalter. Le procédé employé était aussi important pour moi que le résultat final. Il m'apaisait, provoquait en moi un intense calme. Je devais planifier, préparer mon matériel et être méthodique sur chacune des étapes.

J'entamai mon diptyque par le jeune homme. Il n'était qu'une petite frappe qui n'intéressait personne, je me souvenais peu de lui. Nous l'avions allégé rapidement, nous nous préoccupions davantage de sa copine.

Je lui peignis une ride du lion entre les deux yeux afin de souligner sa dureté et apposai des traits fins comme ceux de Frank. Je repris des caractéristiques du visage de mon coéquipier pour compléter. J'adoucis ses joues et son menton, restituant ainsi son aspect juvénile. Le fond, je le laissai en noir de bougie. Il était semblable à une ombre, rôdant autour d'elle. Il l'avait égoïstement entraînée dans sa chute. Cette mise en scène soulignait la beauté tragique de la fille.

Pour elle, j'appliquai des teintes claires, sa peau livide de peur tremblait dans le froid glacial. Pour réinterpréter ses vibrations, j'ajoutai une couche sèche jaune orangé sous la chair de ses lèvres violacées. Deux couleurs complémentaires. Ses cheveux longs et noirs sortaient du cadre, là où il aurait dû y avoir des épaules affaissées. Ses pupilles dilatées traduisaient l'affliction.

L'atelier empestait le solvant, il embrumait mon cerveau. Je m'arrêtai lorsque j'estimai mon œuvre terminée et me reculai de plusieurs pas. Le couple se réunissait de nouveau. Je n'aurais plus à penser à eux, je ne me sentirais plus responsable de leur séparation. Je recouvris les deux portraits d'un drap en lin pour les protéger de la poussière durant le séchage. Je préservais aussi les deux amants des regards indiscrets. Les voyeurs risqueraient de briser leur fragile intimité que je m'étais tant appliqué à reconstituer.

Une fois secs, je les ajouterais à ma collection.

J'avais suspendu les articles de presse juste à côté des tableaux. Ils m'aidaient à me souvenir de l'allégement. Je les relus avant de m'aérer. Au bas d'une page, un sondage de Diss mentionnait qu'une grande majorité de citoyens était favorable aux allégements. Le reste des sondés ne se prononçaient pas. Pour l'opinion publique et l'Administration, la deuxième chance n'existait pas pour les jugés. Pas de doute permis pour les irrécupérables. S'ils étaient là, c'était qu'il y avait une raison. Les honnêtes gens ne se retrouvaient pas entravés dans un palais de Justice.

Pas de deuxième chance. Pas de doute permis.

Je souhaitais profiter des premiers rayons de l'aurore, mais un ciel gris masquait le soleil. La neige voilait le jardin en un large linceul. Je m'avachis sur une chaise en fer forgé, le contact avec le métal froid était désagréable. Je contemplai un moment le jour qui se levait difficilement. Un duo de bouvreuils pivoine batifolaient, le ventre ensanglanté.

Soudain l'odeur des choses brunes m'agressa et me pénétra à nouveau les tripes. Il ne s'agissait pas de n'importe quel brun, il se référait à la chair putréfiée, à la merde. Le brun de tout ce qui devait être enterré pour disparaître. Je courus dans le jardin mais ces miasmes me pourchassaient, s'accrochaient à ma peau. Ils engluaient mes cellules comme un goudron épais et visqueux. Chaque chose sur cette planète sentait meilleur. Le lisier sentait meilleur, des rats crevés macérés dans de l'eau croupie sentaient meilleur. J'aurais tué à l'instant pour me nettoyer. Je tuerais pour frotter ma peau avec de la pierre ponce, récurer la gangue de mes ongles avec des scalpels, puis plonger au plus profond d'une cuve de détergent.

J’arrachai mes fringues et me roulai dans la neige en hurlant pour tenter de les éliminer. J’avais l’air d’un clébard borgne rongé par la gale, une sale bête minable qui agonisait. Mes cris se muèrent en hurlement de douleur. Il n’y avait bientôt plus rien d’autre que cette odeur qui me comprimait le cerveau. Je m’allongeai sur le dos et pleurai. Mes larmes tièdes me réchauffaient les joues avant de geler. Je fus rapidement transi de froid. Le vent glacé qui émergeait n’eut aucune compassion.

Chapitre XVI

« En trois ans, nous avions eu le temps de nous faire connaître dans la caserne. Il était courant que les miliciens assistent à nos allégements. Eux aussi avaient eu un entraînement rude, ils aimaient l'ordre, la discipline, le travail bien fait. Ce fut pour cette raison qu'ils étaient spectateurs pendant qu'on s'affairait. Nous avions parfois des applaudissements de leur part. Cette journée-là, on crevait tous de chaud. Alan schlinguait plus que jamais et le marcel de Jimbaud dégoulinait d'une sueur grasse. Les plis de sa bedaine avaient tout l'air des babines d'un bouledogue devant une saucisse.

Plus tôt dans la matinée, Frank jura qu'à un degré près, le sable se transformerait en verre. Mais en dehors de Frank, qui était assez bête pour croire ça ? Nous avions connu des températures bien pires ici… et du sable il y en avait partout ! Toute la région serait engloutie sous le verre et Zukhabar connue pour être une cité de cristal. Réputée pour ses verriers et non pour ses terroristes. Dans ce monde parallèle, on n'aurait rien à foutre là, sur cette terre à l'agonie, et chacun ramènerait un beau vase pour sa mère. En fin de compte, la seule chose froide dans cette caserne était le front de Mingus. Indifférent à la chaleur comme le sont les lézards enfouis dans le désert brûlant.

Une fois à l'œuvre, la chaleur ne nous avait cependant pas ralentis. Nous avions allégé cinq harachins à la suite et en un temps record. Leurs liquides séchaient immédiatement au contact de l'air. Aucune glissade, rien à éponger, pas de contretemps. Tout avait coulissé pour le mieux sous les regards ébahis de la milice devant la pureté de nos gestes. Lorsque nous eûmes accompli la mission, une silhouette se détacha de la masse des miliciens en boitant. Nous l'avions déjà vue la première année. Sa démarche claudicante était si spécifique, sa gestuelle inoubliable. Elle retirait avec énergie, d'un mouvement de hanche, sa jambe de bois qui s'enfonçait dans le sol sableux. Son grand haut-de-forme faisait de l'ombre pour deux. Ses longs doigts caressèrent de bas en haut l'un des montants verticaux de l'allégeuse. Je ne sais plus si nous avions été aveuglés par le reflet du soleil dans l'aiguisant ou par l'aura de cette présence céleste. L'étrange silhouette ne dit rien et repartit. Nous ne vîmes plus Feodorac les années suivantes. Cet après-midi, même, Mingus plissa les yeux devant elle. »

Le jardin se détériorait. La neige fondue le transformait en un terrain vague boueux et l'équipe de paysagistes ne venait plus depuis que la végétation décrépissait. De l'extérieur, les passants dans la rue voyaient une ruine plantée au milieu d'un marécage. Cela faisait quoi de moi, le maître des lieux ? Un sorcier ? Je culpabilisais et j'entamai un nettoyage de la bibliothèque. Je tombai rapidement sur de vieux bouquins de botanique, de mycologie et de médecine ayant appartenu à mon grand-père. J'enlevai un demi-siècle de poussière et me mis en quête de trouver des similarités olfactives parmi tout ce qui existait d'odorant dans le monde. L'odeur concordait avec l'ase fétide ou encore avec le *Phallus impudicus*. En bien pire. L'origine de ces miasmes était une énigme. J'avais songé à voir un médecin mais j'avais peur de ce qu'il m'annoncerait. Nous fuyions les docteurs dans ma famille. Ils étaient des corbeaux, déployant leur plumage noir pour indiquer l'emplacement de la tombe. Nous avions l'impression qu'à chaque visite le médecin décèlerait une maladie ignorée jusque-là.

Je fus contraint d'abandonner mes recherches lorsque mon cellulaire se mit à vibrer. C'était Alan. Je m'attendais à l'annonce d'une nouvelle mission.

— Salut Alan, les affaires reprennent ?

— Euh… non, Émilc, non, pas vraiment…

Je n'aimais pas quand il avait sa voix de timoré.

— Tant mieux, ça fait du bien de souffler un peu, non ?

— Oui, ça permet de se consacrer à d'autres choses… Dis-moi, tu fais quoi ?

— Je fais un peu de ménage chez mes parents et toi ?

— Ben là, euh… j'installe le vernissage…

— Un vernissage ? Quel vernissage ?

— Le mien, j'en ai parlé la fois dernière… Tu peux venir ? C'est ce soir.

— C'est une exposition de quoi ? demandai-je, dubitatif.

— Photo…

— Tu es aussi photographe ?

— Tu sais bien que c'est ma grande passion depuis tout petit, dit-il calmement.

— Ce n'est pas plutôt la poésie, ta passion ?

— Oui, aussi, mais quand même un peu plus, la photo.

— Bon… Quelle heure ?

— 19 heures, ça te va ?

— D'accord, à ce soir.

La galerie d'exposition, située dans une ruelle calme du centre-ville, était bien éclairée et ne pouvait contenir tout au plus qu'une soixantaine de visiteurs. Le carrelage posé en chevron d'un blanc perle accentuait la luminosité. Hormis cela, la salle était tout à fait modeste, sans fioritures, à l'exact inverse des invités. Ils étaient raides, maigres et habillés avec des costumes monochromes. Les seuls mouvements autorisés comprenaient l'ouverture de leurs lèvres et la bascule de leur dos. Ils se courbaient comme des bâtons de berger devant les photos d'Alan. « Quelle audace ! Quelle audace ! » s'extasiait une des croque-morts à chignon. J'étais le seul à garder le silence. Chacun d'eux délivrait son commentaire pour combler le vide. Certains voguaient de cimaise en cimaise, le cerveau rempli d'air. Ils étaient là, uniquement motivés par la critique acide qu'ils pourraient faire des créations d'Alan.

La photo ne me parlait pas. J'avais le sentiment qu'il fallait être un gros nom. Le patronyme et la réputation faisaient tout. Ça et le noir et blanc. Il suffisait parfois de photographier un trottoir encrassé et tout le monde t'applaudissait avec une flûte de vin mousseux à la main. Dans ce milieu, Alan Sedi était un nom pour personne, alors ses photos devaient se farcir tout le boulot.

Il m'accueillit dans un costume trois-pièces à queue-de-pie. Ainsi fagoté, il ressemblait davantage à une moufette qu'à une pie. Il était cocasse qu'il ne chlingue plus, cela aurait accentué le réalisme de son déguisement. Il avait repris de la confiance dans sa voix.

— T'en pense quoi ? fit Alan.

— Du vernissage ?

— Non, de mes œuvres.

— Je ne suis pas encore allé voir. C'est toi qui as payé tout ça ?

— Non, c'est l'Administration. Être artiste et allégeur, ça donne une bonne image.

Une hôtesse en tailleur avec un foulard noué autour du cou tendit son plateau vers nous.

— Vous prendrez un toast ? nous proposa-t-elle.

Ses blinis aux œufs de lompe livides et tristes étaient mollement disposés de part et d'autre du plateau.

— Non merci, les œufs d'animaux aquatiques, ce n'est pas pour moi. Vous n'auriez pas plutôt du vin ?

Elle esquissa un sourire gêné et me rapporta une coupe de mousseux.

— Animaux aquatiques ? reprit Alan.

— T'as déjà vu des œufs de raie ?

— Non, Émile. Il tourna la tête à droite et à gauche. Bon, j'ai du monde à saluer.

— OK, on se voit tout à l'heure, je vais aller voir tes merveilles.

La série de photos présentée par Alan s'intitulait *Diamants de rosée à travers la brume*. Il avait tiré le portrait en gros plans de diverses plantes et insectes encore recouverts de rosée. Les sujets étaient en couleur et la nature environnante en noir et blanc pour faire « ressortir l'émotion insoupçonnée » d'après le descriptif de l'une de ses macrophotographies. Le cartel sous chaque photo s'agrémentait d'un poème de sa composition. J'avais envie de crever.

Comme pour le cinéma, j'étais le seul des gars à participer à cette comédie. J'étais pour lui la seule personne qui puisse l'aider à affronter sa solitude. Il m'entraînait avec lui, en bon premier de cordée, au pinacle du mauvais goût. Plus haut nous aurons escaladé cet édifice, plus dure sera la chute.

Diss et Shreder aux beaux lagons étaient là. Ses yeux rayonnaient plus que n'importe quel bijou hors de prix de la pièce. Des pendentifs sans lueur se nichaient entre les poitrines ramollies des fossoyeuses, tandis qu'elles restaient pendues aux bras de leur mari. L'Administration était soucieuse de son vernis pour que des journalistes se déplacent ici. À défaut de talent, peut-être qu'Alan obtiendrait un nom par ce biais.

Nous nous saluâmes. Diss prit une photo d'Alan et moi avant l'interview de Shredrer. Quand la photo paraîtrait dans le journal, elle entérinerait mon implication dans cette mise en lumière de la fibre artistique foireuse d'Alan. L'idée ne m'enchantait guère. Shreder et Diss nous aidaient à nous écarter du public. La simple présence des deux journalistes créait un espace suffisant pour que nos paroles ne soient plus à portée d'oreilles. Shreder nous plaça devant l'œuvre *Avec les charançons, je tombe en pâmoison.* Deux scarabées, renversés et inondés par des rayons de soleil, cherchaient désespérément à se remettre sur leurs pattes.

— Monsieur Sedi, d'où vous est venue l'idée de photographier des insectes en gros plan ? entama Diss.

— J'ai toujours aimé la nature, j'habitais un lieu-dit entouré de forêts et je passais mon temps dans les clairières durant mon enfance à observer tout ce qui bouge.

Shreder était en retrait et des nuages d'ennui voilaient ses lagons.

— En tout cas, on ne peut que saluer l'effort technique. Ce n'est pas simple d'obtenir des clichés aussi précis, complimenta Diss.

— J'ai dû me former sur un appareil qui m'a coûté six cents sacs et utiliser des focales situées entre 100 et 180 millimètres. Elles m'ont coûté trois cents sacs de plus. C'est un matériel cher et pas accessible. J'ai aussi dû économiser pendant deux mois ma paye d'apprenti à Zukhabar.

Bien que les photos d'Alan soient hideuses, je devais reconnaître qu'il y avait quand même un cheminement technique intéressant. Shreder manquait de piquer du nez. Je la voyais bâiller, adossée au mur. Elle contempla une fois ou deux ses ongles parfaitement manucurés et, avant de s'endormir, elle prit le relais de Diss.

— Je vais m'éloigner du sujet mais, à propos des

colonies, auriez-vous un mot ou deux sur la chute de Zukhabar ?

Alan fixa la journaliste dans un silence de catacombes. Les traits de son visage se raidirent, ils se contractèrent en un masque froid et terrible. Quand la transpiration se mit à envahir le front de Diss, je compris que mon air n'était pas si différent de celui d'Alan.

— Vous pouvez répéter ? fis-je péniblement. Je luttais pour desserrer un peu la mâchoire.

— Vous n'êtes pas au courant ? Les terroristes ont repris la région.

Chapitre XVII

« Dina m'a dit une fois que ses ancêtres venaient du désert. Une génération d'hommes des sables qui vivaient de peu de choses et qui avaient un vrai savoir-faire pour trouver des sources. Je buvais du thé à la menthe en l'écoutant. Le puits de l'arrière-cour que l'on distinguait par les fenêtres, ce fut elle qui l'avait creusé à mains nues quand elle en avait encore la force. Je l'admirais pour ça. Je l'admirais pour ses mains noueuses qui concoctaient les seuls plats que je mangeais sans peine et qui soulevaient les lourds seaux remplis d'eau. Ses mains m'aidaient à supporter Zukhabar, à ralentir le marasme issu de la poussière, du sable et de l'isolement. Ma chère Dina et moi étions deux âmes sèches et nous échangions sans forcément nous parler, à nous remplir du regard de l'autre. J'avais en tête une dernière image d'elle qui pressait sans aucun sourire le jus frais d'un citron, avec ses doigts tordus comme des racines. C'était tout elle, ça, un peu mauvaise herbe sur les bords. Mais la mauvaise herbe constituait parfois la seule vie là où plus rien ne poussait. »

« Ils ne savent pas la boucler, les journaleux », pestait Dorval. Il secouait la tête devant son assistant, les yeux rivés au sol. Dorval et Frings nous convièrent dans une salle du second étage. Ce n'était pas leur bureau officiel, le leur se situait dans les bureaux de l'Administration. En dehors de notre local, nous n'allions nulle part ailleurs. La pièce était vide et la décoration minimaliste. Les murs étaient habillés d'un velours verdâtre sur lesquels chancelaient des tableaux champêtres. Au centre, des poufs en cuir marron se réfugiaient sous une table basse abandonnée. Personne ne s'assit. Alan gémissait, Frank rongeait son frein en balançant des borborygmes les bras croisés et Mingus fusionnait avec la raideur du lieu. Frings remontait frénétiquement ses lunettes avec l'index. Son trouble obsessionnel compulsif dura de nombreuses minutes et quand il eut fini, il s'immobilisa les mains jointes au niveau de la poitrine à la façon des mantes religieuses. Quel drôle de type, pensai-je. De la sueur perlait aux fronts des deux représentants de l'Administration. Ils transpiraient l'hypocrisie.

— Vous comptiez nous le dire quand ? demanda Frank. Dorval prit un air faussement grave.

— Bientôt, on voulait vous préparer le terrain avant de l'annoncer.

— Conneries ! explosa Frank, arrêtez de vous foutre de notre gueule ! S'il n'y avait pas eu Shreder, on n'aurait rien su. On a des amis là-bas, des camarades. Et z'êtes même pas foutus de nous regarder en face pour causer. Pour vous fringuer comme des princes il y a du monde, pour dire la vérité il n'y a plus personne ! Vous êtes deux pétochards.

— Frank, calme-toi, soufflai-je. Alan passa une main dans le dos de Frank qu'il repoussa d'un revers de manchette.

— Laissez, dit Dorval, je comprends votre colère. Votre instructeur a pu être exfiltré à temps.

— Où est Jimbaud ? s'enquit Alan.

— Toujours dans les colonies mais en sécurité, répondit Frings.

— Et Dina ?

Son nom m'échappa. Maintenant ils me jaugeaient et je me sentis criminel.

— Qui ?

— Tu parles de ta maîtresse de maison, Émile ? grimaça Frank.

— Oui.

— Qu'est-ce qu'on en a à faire ? La mienne, c'était une sale garce. Qu'elle brûle avec les siens. Il se mit à côté de Mingus et adopta la même position, adossé au mur, les bras croisés. Puis Frank se mit à ricaner.

— Ne me dis pas que tu t'es entiché d'une vieille harachin ?

— C'était juste pour savoir, murmurai-je.

— Je suis ravi que la vôtre ait rempli ses devoirs coloniaux auprès de vous, temporisa Dorval, ce n'est pas monnaie courante. On ne sait pas où sont les servantes, elles sont sûrement avec les terroristes maintenant. Ou mortes. Elles n'étaient pas franchement notre souci.

Chapitre XVIII

« J'achetai la plus grosse auto que je pus trouver. Elle était gris acier à la façon des avions de chasse. On l'apercevait et on l'entendait de loin. Son moteur était l'un des plus puissants sur le marché. L'intérieur confortable, s'agrémentait de finitions en cuir de qualité, "tout a été assemblé à la main" m'expliqua le vendeur. Il me présenta ses modèles les plus chers. La lueur du jour, à travers les grandes baies vitrées, palissait la teinte noisette de son crâne en ogive. Il ressemblait à un quignon de pain. Le vendeur dut s'y prendre à trois fois pour ouvrir le capot qui recélait son incroyable cœur. Les véhicules présentés précédemment m'avaient déplu malgré leur bonne réputation. Ils n'avaient aucune âme, juste des morceaux de ferraille coûteux. Moi j'avais besoin d'un truc qui en imposait quand il le fallait. De l'ingénierie discrète et réactive.

Au moment de la signature du chèque, une longue ligne pleine de béatitude se traça entre les oreilles du quignon de pain. L'affaire du siècle.

Il faisait maintenant nuit noire. Le jour déguerpissait vers dix-sept heures. Au sol, la neige avait cédé la place à une sorte de pâte marronnasse. J'arpentais les rues dépeuplées avec ma voiture. Malgré sa calandre de locomotive, elle glissait sans bruit entre les immeubles. Même les purotins qui hurlaient autant que des diables à ces heures ne zonaient plus. La nuit m'apaisait, la ville se calmait. De rares éprouvés osaient se mêler au givre et au brouillard. Je ne m'arrêtais que lorsque la signalisation me l'obligeait. En sortant de la ville, j'écrasai la pédale d'accélérateur. Elle atteignait des vitesses phénoménales. Je fus téléporté de la ville au manoir. »

L'homme était différent des autres harachins du fait de sa jeunesse. Nous ne remarquions que son expression. Taillée dans de l'obsidienne, elle lacérait toute la cour. Condamné il y a trois ans, encore mineur, il avait tué deux miliciens à coups de couteau en plein milieu d'un marché bondé. Je connaissais bien cet endroit où nous achetions du poulet grillé le dimanche matin avec mes parents. La milice l'arrêta juste devant l'étal du « vendeur d'olives ». Ce stand me fascinait. Les olives aux variétés colorées étaient présentées comme des bonbons, dans des grandes jarres brillantes. Ils faisaient ça aussi à Zukhabar avec les dattes, les figues et les épices, quand la tempête de sable ne venait pas tout saccager. Ils fermèrent la zone après les attentats. Cela n'eut pas beaucoup d'importance, je n'avais jamais aimé le poulet et les olives.

Il commit son crime sans bruit, dans une rage froide. Il

adoptait le même état d'esprit aujourd'hui, de silence et de fureur contenue. Tout se passa normalement avec les gars. Frank le saucissonna de la tête aux pieds afin qu'il ne se débatte pas. Et aussitôt fini, la tension retomba dans la cour du palais de Justice.

« On va encore enterrer un sacré fumier », lança quelqu'un sous les arcades. « Tant mieux, il fera pousser les plantes », rétorquai-je. Avais-je pensé tout haut, trop fort ? Alan et Frank froncèrent les sourcils dans leurs costumes rayés et sans pli.

Diss s'empressait de commencer son entrevue. Alan se plia à l'exercice bien que personne ne fût d'humeur à parler. Les gars faisaient la gueule, je ne montais plus dans la voiture avec chauffeur. Peut-être étaient-ils jaloux de mon auto ? Contrairement à moi, ils avaient pour obligation d'être transportés par l'Administration. Mais la vraie raison de notre état d'esprit était que nous n'avions toujours pas de nouvelles de Jimbaud. D'après Frings et Dorval, les miliciens du Bastion capturés avaient tous été pendus ou égorgés. Des méthodes barbares.

« Est-ce que l'allégement d'aujourd'hui est en réponse à la prise de Zukhabar ? » interrogea Diss. Alan répondit intelligemment. La neige se remit à tomber pendant le travail des assainisseurs. Ils ressemblaient à des nains scrofuleux. Ils agitaient à la va-vite leurs petites mains grotesques. Je me demandais où l'Administration les recrutait. Je retournais chez moi la tête pleine d'hypothèses à leur sujet.

Pour ma nouvelle peinture, j'accédai pour la première fois à la salle d'archives du palais de Justice. Je cherchai des coupures de presse sur le jeune terroriste du marché lorsqu'une documentaliste à la peau ridée et grumeleuse pointa le bout de son nez. De gros poils noirs dépassaient de sa narine.

— Bonjour monsieur, vous êtes ? Je peux vous aider ?

Elle était contente de voir enfin quelqu'un.

— Bonjour madame. Je suis monsieur Drascher. J'ai tout ce qu'il me faut, merci à vous.

— Oh, l'allégeur ?

— Celui-là même.

Elle s'approcha de très près. Je vis ses poils de nez s'agiter comme des pattes d'araignée.

— Je suis ho-no-rée de votre visite, articula-t-elle, je vous offre un thé, un café ?

Elle me mitraillait de postillons à chacune de ses articulations. Elle était très gentille et je lui répondis par politesse.

— Merci, vous êtes très aimable, madame…

— Une tisane ?

Je trouvai une excuse pour déguerpir de la salle d'archives. Elle n'eut pas le temps de finir le mot « chicorée » que les coupures de journaux étaient déjà étalées dans le grenier.

J'avais recouvert le portrait qui représentait le jeune dans un rideau opaque de fumée sombre. Les très épaisses couches de peinture avaient l'aspect de la tourmaline noire. Je la retaillai, grattai au couteau. J'avais utilisé un médium d'empattement pour créer du relief. L'air primitif de l'harachin dégageait un côté sauvage. Je le représentai avec bon goût dans une coiffe composée de plumes et d'os de poulet. Il s'apprêtait à surgir du panneau de bois pour m'étriper. Le rendu me satisfaisait.

Les tableaux se multipliaient dans le grenier. Ils prenaient de plus en plus de place et j'en accrochai un peu partout. Je n'avais plus d'espace alors je décidai d'en entreposer dans le séjour.

Mon cellulaire vibra. Je décrochai : « Ém... ile, *brrr*..., É... mile, *brrr*... » La voix qui scandait mon nom bourdonnait, grésillant comme une voix d'outre-tombe, une voix de spectre. Je rigolai de ce cliché. J'imaginais un fantôme avec un drap débile me courir après.

Le message était inaudible, je pensais à un appel de l'étranger. Ces derniers temps, tout un tas de personnes cherchaient à me joindre, les journalistes, Leyna la folle et les gars surtout. Je n'aimais pas ces appels intrusifs, ils perçaient la bulle que je m'appliquais à bâtir.

Le cellulaire vibra de nouveau. Je m'énervai.

— Bon, c'est qui ? dis-je froidement.

— Monsieur Drascher, pardon de vous déranger, je suis Mme Hirst, cheffe de service à la clinique de La Vaste Plaine.

Chapitre XIX

« Deuxième année de faculté, Alma déboula dans l'amphithéâtre juste avant le début du cours. Sa jolie crinière bouclée lui retombait sur les épaules comme des grappes de raisin jaune. Elle était vêtue d'une robe beige très cintrée au niveau de sa taille. J'étais au dernier rang, celui où s'installaient ceux que les études n'intéressaient pas. De ma place, je vis toutes les premières rangées se retourner dans son sillage. Alma plaisait aux mecs. Elle s'assit loin de moi. J'éprouvais de la colère pour elle, nous venions de rompre. »

La cérémonie, balayée par un vent léger et froid, fut la même que pour mon père. Ma mère serait enterrée à ses côtés. L'Administration se chargea des préparatifs. Même si elle le voulait, j'avais interdit la présence d'un religieux. Elle était morte dans son sommeil. Pas de souffrance, m'avait assuré Mme Hirst. Il n'y avait personne. Ma mère n'avait jamais eu d'amis. Elle vivait ses relations sociales par procuration, au travers des connaissances de mon père. Essentiellement des membres de l'Administration.

Je contemplais la terre retournée par les employés des pompes funèbres, je découvrais cette boue fraîche et argileuse. Je repensai à mon cauchemar, celui où je m'enfonçais dans la tourbière. À ma mort aussi, mon sang s'évaporera pour se mélanger à la terre, avec mes os, et je n'aurai plus de compte à rendre. J'avais acquis la certitude que lorsque l'on mourait, il n'y avait ni paradis ni enfer. Nous devenions de la viande froide pareille à la bidoche sur l'étal du boucher. Les insectes et les vers se disputeront nos restes ; quand le rideau sera tiré, je rassasierai toute cette petite faune. Je payerai mon tribut au monde, à la Nature. Je le payerai avec de l'engrais, la seule monnaie valable. Et après plus rien, au-dessus de la terre repue, le même manège se perpétuera.

Un fossoyeur me demanda si je voulais dire un dernier mot. Je lui répondis que non. Le silence allait bien. Ils ne se mirent qu'à deux pour descendre le cercueil. Je n'avais pas revu ma mère, elle avait dû continuer à maigrir. Une silhouette devant moi, que je n'avais pas encore remarquée, leva le bras et fit un signe. C'était un homme d'une trentaine d'années. Il était élégant dans son costume sombre. Je m'interrogeai sur sa présence. Qu'est-ce qu'il foutait là ? Il s'approcha à petits pas. Je le pris pour un illuminé et m'apprêtai à décamper.

— Émile, attends, ne pars pas !

— Ruben ? Je ne t'avais pas reconnu sans ton bob. Et avec ce costume…

— Toutes mes condoléances, bafouilla-t-il.

Il sentait ce parfum proche de la lavande, caractéristique des Van Verdriet, sans la sueur, sans l'alcool de la dernière fois. Il paraissait avoir changé, être quelqu'un d'autre, un jumeau de Ruben qui n'aurait rencontré aucune galère.

— Qu'est-ce que tu fais là ? dis-je. Je t'ai rarement vu aussi bien habillé.

— Enfin, Émile, j'adorais ta maman, c'est normal que je me fringue bien pour elle. Je venais souvent chez toi.

— Ah ? Je ne m'en souviens plus.

— T'as une mémoire de poisson, ils t'ont lavé le cerveau dans les con-lonies ? Je n'ai pas loupé un seul de tes anniversaires.

— Il y a au moins un anniversaire où je me souviens d'avoir été seul. Pour mes neuf ans.

— Impossible, Émile, je t'avais offert un bouquin sur les plantes. Tu m'avais dit que tu jardinais avec ta mère et que t'aimais ça.

— Ah… j'ai le souvenir d'avoir été seul avec ma mère.

— Elle t'a même offert un livre de peinture parce que tu voulais faire comme ton père, tu ne l'as jamais ouvert.

Il rit.

— C'est vrai, je m'en souviens, mentis-je. Comment t'as su pour l'enterrement ?

— C'est la clinique qui a prévenu ma sœur, j'sais pas comment, et Alma leur a dit de m'appeler.

— Et elle, elle ne pouvait pas me joindre ? persiflai-je.

Je serrais les dents.

— Toujours à vous faire la tronche, vous deux. Elle a bien essayé mais t'es injoignable en ce moment.

J'ai voulu te téléphoner plein de fois pour aller au bar ensemble, mais sans réponse.

— J'ai pourtant bien reçu un coup de fil de la clinique.

— C'est bizarre… Ruben mit un coup de pied dans le gravier. Après, j'étais occupé par mon groupe, je ne t'ai pas appelé cette semaine.

— Ton groupe ? De musique ?

— Non, on a un groupe d'idées, on organise des manifestations. T'as dû voir les affiches en ville, non ?

— Oui… Les autorités en pensent quoi ?

— Elles râlent un peu, ce n'est pas vraiment autorisé, mais ça va, franchement, ils nous lâchent la grappe pour le moment. C'est histoire d'être avec les copains, ceux que t'as vu la dernière fois, et de boire des coups.

— Au fait, merci de m'avoir prêté ton appartement pendant ton hospitalisation, déclarai-je avec une amabilité forcée.

— À ton service, Émile, ça m'a fait plaisir de te rendre service. Je serai toujours là pour les amis. T'en auras limite profité plus que moi de cet appart' !

— Comment ça ? dis-je surpris.

— J'ai rendu les clefs.

— Et comment tu te débrouilles, tu loges à la villa ?

— Non, c'est trop grand. Je dors à droite et à gauche, chez des copains.

— D'accord… Bon, Ruben, ce n'est pas contre toi, ne m'en veux pas, mais je n'ai plus trop envie de discuter pour aujourd'hui.

— Oh, excuse-moi ! Je comprends, tu dois être triste.

— Ne t'excuse pas et merci d'être venu.

— C'est normal, Émile, t'as mon numéro ?

— Oui, je l'ai.

Je mentis de nouveau.

Cette semaine, je prévins les gars de mon absence en raison du décès de ma mère. Je sentis bien que ça ne leur plaisait pas. Il n'y avait aucune raison valable pour un allégeur digne de ce nom de ne pas être présent aux préparatifs. Je me fichais de ce qu'ils pensaient, ils étaient mes subalternes. Ils étaient là pour s'exécuter. Nous avions répété des millions de fois, la procédure d'allégement serait parfaite, comme d'habitude.

Je perdais la notion du temps, vivant au jour le jour. Je peignais sans arrêt et déplaçais la plupart de mes tableaux dans le séjour. J'enlevai le vieux trumeau au-dessus de la cheminée, pour le remplacer par le diptyque aux deux amants.

Le manoir baignait dans l'obscurité. J'avais disposé des cartons sur les fenêtres, fermé les volets et les stores. Je grimai le manoir en un temple de la discrétion. Je picolais beaucoup et je buvais peu d'eau. À tel point qu'hier mes jambes ne me soutenaient plus.

Ce jour-là, je ne fis rien d'autre que dormir et dépoussiérer des babioles. J'exhumai des photos sur lesquelles je ne me reconnus pas, et de vieilles coupures de presse avec mes aïeuls.

Notre profession avait débuté avec l'abave Drascher. À l'époque, le travail se faisait rare et être correctement payé tenait du miracle. Si vous incluiez dans l'équation une femme et des gosses à nourrir, la question d'accepter un boulot bien rémunéré ne se posait pas. Compte tenu de sa situation précaire, mon ancêtre s'empressa de répondre aux annonces de l'Administration pour un nouveau métier qu'elle tentait d'instaurer. Il fit partie de la première promotion d'allégeurs. Je ne connaissais pas trop les circonstances, j'imaginais que c'était ce scénario. Il était toujours difficile de juger un choix fait dans une période où la survie prévalait.

Le soir venu, je roulais. Je découvrais les virages trop tard. J'allais vite. Des balafres blanches et jaunes lacéraient le bitume et le vent soufflait si fort que les arbres se courbaient. Je ponçais l'asphalte. La route rétrécissait et l'alcool me forçait à suivre la ligne continue au milieu des roues. La signalisation au sol se dandinait devant le faisceau de mes phares avant d'être avalée par le châssis. L'odeur était revenue, j'avais bu tous les fonds de bouteille dans le bar à alcool de mon père. Je n'avais jamais ingurgité de pareilles quantités.

L'effluve méphitique ne s'atténuait pas. Mon âme pleine de schnaps me détourna de celle-ci. Je voulais cesser d'exister tout de suite, mais je n'avais pas le cran de le faire moi-même, je m'en remettais donc au hasard. Je distinguais de moins en moins la route.

Sous le ciel sans lune, les bras morbides des arbres dénudés s'étiraient pour enlacer mon auto. Arrivé au manoir, je n'étais pas mort, mais plus tout à fait vivant. Je lâchai du vomi dans le jardin, à côté de la véranda. Franchir la bibliothèque me sembla durer des centaines d'existences. Je m'étalai en croix sur le sol du séjour. Toute ma collection de visages peints dansait au-dessus de moi. Ils tournaient dans une spirale sans fin. Puis le siphon du sommeil engloutit ce qui restait de ma nuit.

Chapitre XX

Nouveau jour d'allégement. Il était prévu en fin de matinée, juste avant l'heure du repas. Le soleil s'immisçait dans les interstices laissés par le carton sur les fenêtres. Le salon fut pénétré de petits filaments orange et dorés. J'effectuai une escale dans le jardin et décapsulai ma bière sous ce beau temps. Nous étions au beau milieu de l'hiver et il faisait anormalement chaud. Je tournai autour du manoir pour jeter à la poubelle les cannettes vides que j'avais semées par-ci par-là dans mon ivresse. Le lierre envahissait tout, cerclait les pierres du mur jusqu'au toit. Même s'il semblait s'affranchir de tous les obstacles qui se dressaient devant lui, il interrompait sa course juste au-dessus de la véranda. Il céda la place à un amas sombre que je pris au départ pour un gigantesque drap que l'on aurait laissé suspendu à une fenêtre. J'imputai cette vision à ma gueule de bois. Plus je m'approchais et plus le drap se muait en une chevelure noire de suie qui descendait en avalanche sur la véranda. Cela n'avait pas de sens, je me pinçai et frappai ma tête du plat de la main pour attester que je n'étais pas fou.

Cet amas végétal dégageait un fort parfum de talc et de miel. Je ramassai sur le sol ses cheveux. Ce n'était que des fleurs, une sorte de glycine. De la glycine noire ? Je n'avais jamais entendu parler d'une telle couleur pour cette espèce. Il était dix heures et je n'avais pas le temps de poursuivre mes investigations.

En début de semaine, Alan se débarrassa d'un dossier concernant le futur allégé. Il l'avait jeté sans un mot devant mon palier, comme s'il s'agissait d'un vulgaire prospectus. Le condamné était un célèbre essayiste dont j'oubliais déjà le nom. Il avait beaucoup écrit. Sur tout et n'importe quoi. Surtout n'importe quoi. D'après les notes d'Alan, il chroniquait aussi sur l'Administration, remuant ce qu'il ne devait pas remuer.

Il clamait son innocence, mais toutes les preuves du meurtre sordide de sa femme convergeaient vers lui. Un énième accro aux médicaments et à l'alcool. Les médecins l'estimèrent en pleine possession de ses moyens au moment des faits. Bon, peu m'importait, les dés étaient jetés pour lui. J'espérais que nous ne nous éterniserions pas. Mes coéquipiers étaient sérieux et ils auraient tout planifié.

J'appris la nouvelle en arrivant. Mingus était absent.

— Comment ça ? demandai-je.

Frank était, fidèle à ses habitudes, adossé à un mur, les bras croisés, à me regarder de haut. Alan sautillait sur place.

— Mingus est de mariage, répondit Frank de manière à peine audible tant il peinait à desserrer sa mâchoire.

Je ressentis une vive colère mêlée d'inquiétude.

— Il n'a pas le droit de s'absenter, c'est l'allégement qui prévaut ! postillonnai-je sur Alan.

— Il a invoqué son droit de retrait annuel en tant que calligraphe, expliqua Alan calmement en s'essuyant le front, ça ne sert rien de s'énerver…

— Pourquoi vous ne m'avez pas prévenu ? coupai-je.

— On vient d'le savoir, Drascher, et t'as un sacré toupet pour quelqu'un d'injoignable, qu'a passé la semaine à se torcher la gueule. Regarde-toi, t'es encore bourré, tu pues l'alcool d'ici et ta chemise est débraillée. Les absents ont toujours tort, comme dirait l'autre.

— Ferme-la, Frank, ou…

— Ou sinon ?

Je m'approchai de lui, prêt à en découdre. Il se décolla de son mur. Alan me repoussa avec une force que je ne lui avais jamais soupçonnée.

— Stop les gars, bordel de merde ! On a un allégement aujourd'hui et il y a tout le gratin. C'est compliqué mais on a déjà connu d'autres galères, non ? Le tout, c'est de savoir qui fera le calligraphe.

— Sans la tenue de Mingus ? persifla Frank, sans moi.

Alan et Frank regardèrent un moment en direction de la cour. La rumeur qui provenait de celle-ci gagna notre couloir. On entendit venir le bruit des chaussures cirées de Frings. Le temps pressait. Ils se tournèrent ensuite vers moi.

— Ok, ok, les gars, j'ai compris. Je vais prendre mes responsabilités. C'est à moi que reviendra la charge. Alan, tu peux t'occuper du déclencheur ?

— Ce ne devrait pas poser de soucis.

— Bien. Frank, la bascule ?

— Est-ce que j'ai le choix ?

Frank était plein de mépris envers moi et il était inutile de rentrer dans la confrontation. Je n'avais plus les sympathies d'Alan aussi, mais je le sentais plus propice à une ouverture.

— Il est allé au mariage de qui ? lui chuchotai-je tandis que nous longions rapidement la cour pour gagner le Greffe.

— Le sien.

— Hein ? Depuis quand Mingus a une copine ?

— Depuis toujours. T'es le seul à ne pas être au courant.

Dans le Greffe, l'ambiance était électrique. Les employés du palais de Justice laissaient le chauffage tourner et il faisait très chaud à l'intérieur, tout le monde suait et étouffait. On s'était déshabitués de Zukhabar. Le futur allégé était un grand type avec une forte carrure. Malgré son menton qu'il tenait haut et avec dignité, nous le sentions épuisé. Il donnait l'impression de s'être débattu toute la nuit. Frank lui proposa un dernier verre de schnaps et une cigarette, qu'il déclina.

— Pourquoi ? C'est absurde, dit le jugé, à quoi ça sert que ma gorge goûte l'alcool et le tabac puisqu'elle va bientôt goûter le fer ?

— L'aiguisant est en acier inoxydable, lâchai-je, en réponse à son lyrisme.

Il me toisa comme si je l'avais insulté, lui et toutes les générations qui le précédaient. Après ma réaction sarcastique, Alan se ferma davantage. Ils se soutenaient forcément entre poètes.

Tout le monde était là. Diss, Shreder-les-beaux-lagons, de nouveaux chroniqueurs judiciaires, des membres du palais de Justice et de l'Administration. Nous étions au-delà de la limite de ce que notre petite cour pouvait contenir. Les gars n'avaient pas vraiment anticipé le nombre de spectateurs, et leur masse entravait nos mouvements. Dorval et Frings étaient aux premières loges, les mains collées au corps, engoncés dans leurs costumes noirs. L'air grave, ils étaient dans un garde-à-vous rigide et solennel. Je ressentis bien l'incrédulité de ces deux pingouins lorsque je me plaçai sans scaphandre derrière l'allégeuse. Je retroussai les manches de ma chemise. Quelqu'un fit taire la foule. J'entendis juste Alan renifler.

L'essayiste voulait montrer l'exemple, conserver sa dignité jusqu'au bout. Une fois le col échancré et la nuque rasée, il s'avança d'un pas assuré vers l'allégeuse. Frank l'attacha à la bascule et le fit glisser avec méticulosité dans le cercle prévu pour sa tête. « Le contact est froid », réagit-il lorsque sa peau toucha la lunette. Je ne comprenais pas ce qu'il voulait dire par là, il ne faisait pas loin de vingt-cinq degrés.

Sa tête vint au niveau de mon giron. Je réfléchis à lui tirer les cheveux avant de me rabattre sur ses oreilles. Il avait les cheveux fins et grisonnants d'un cadre qui avait la cinquantaine passée. Je pensais à la fragilité de la glycine noire qui perdait ses pétales sur ma véranda. J'avais peur de lui arracher la coiffe et qu'il m'en restât une grande touffe dans la main. Je lui agrippai fermement les oreilles sans pour autant lui faire mal et je fis signe à Alan qui était au déclencheur. Il sut que j'étais prêt à tirer, bénéficiant d'un maximum de surface au niveau de la région cervicale du condamné. Alan activa le déclencheur qui libéra l'aiguisant et je ramenai la tête de toutes mes forces vers moi. L'essayiste émit un cri de douleur et se rétracta. Il résista. Il était plus robuste que moi et l'aiguisant fila à toute allure sur mes mains non protégées. Par réflexe, je relâchai ma prise au dernier moment.

J'entendis une clameur et le hurlement d'une femme. Un cri semblable à un train qui déraillait. Je ne vis rien car mon visage se recouvrit d'encre, elle rentrait dans ma bouche avec un goût métallique écœurant. Alan accourut avec du linge qu'il frotta sur moi, il m'essuya les yeux. Deux assainisseurs l'aidèrent. Même à trois, ils ne parvinrent pas à tout éponger. Ils pataugeaient dedans jusqu'aux chevilles. La cour fut plongée dans un pédiluve poisseux et je vis chacun s'agiter vers la sortie, atteint d'une irrépressible nausée. Un homme dans le fond dégobillait sous les arcades. Je reçus un coup au niveau de la mâchoire, je chancelai, trop sonné pour répliquer. Frank venait de me cogner.

— Regarde ce que t'as fait, pauvre crétin, regarde !

La tête de l'essayiste, tranchée de travers, avait le menton sectionné. Il ne subsistait que le haut de la mâchoire. En dessous, de minuscules dés blancs roulaient dans le fond du baquet vers une grosse limace rouge.

Je me penchai vers un assainisseur.

— Qui va m'aider à éponger tout ça ?

— C'est bon, ce n'est rien, monsieur Drascher. Il y en a un peu autour des montants verticaux. Et y'en a eu un peu dans vos yeux et sur vous. C'est tout.

Frank poussa de colère le corps dans le panier prévu.

— Émile, dit Alan d'une voix atone, des chiffons écarlates enroulés autour des mains, on s'est loupé, qu'est-ce qu'on va faire maintenant ?

Je ne lui répondis pas. Les senteurs métalliques disparaissaient pour laisser place à l'odeur fétide. Il n'y avait pas moyen de s'en débarrasser. On ne pouvait pas se séparer de son ombre, ce relent de putréfaction l'avait remplacé.

En même temps que s'accroissait le parfum qui me hantait, j'étais obnubilé par la nuque broyée de l'essayiste. Une plante poussait à partir d'une profonde cavité d'où s'écoulaient des litres et des litres de sève brune. J'entendais aussi la fureur des mouches. Elles se posaient là où pendait désormais une grosse gerbe chaude de clématites.

Chapitre XXI

Les visites s'étaient multipliées ces derniers temps, m'obligeant à sévir pour contrecarrer ce flot d'intrusions. J'accueillis ainsi l'un d'entre eux sur le perron, avec le pistolet de mon grand-père. Inutilisable, la pétoire servait seulement d'objet de persuasion.

Avant-hier, Leyna la fanatique était revenue aussi me harceler, pleurant sur son sort, sur mon manque de considération à son égard. Bien que sa peine sincère m'apitoyât, je laissai ma porte fermée, opposant mon silence à sa désillusion. Elle quitta mon jardin en traînant des pieds.

Malgré la discrétion exigée par l'Administration auprès des journaux, relatif au nouvel événement, la population s'affolait autant qu'un essaim de guêpes. En plus de l'allégement raté qui défrayait la chronique, une enquête récente statua sur la fuite de Feodorac. Il s'agissait bel et bien d'une traîtrise de sa part comme je l'avais envisagé. L'information fuita à partir d'une source dissidente et se propagea parmi l'ensemble des citoyens.

Les journalistes et badauds affluèrent donc au manoir, en quête de réponses sur cette désertion.

Je fis une pause de deux semaines. Je ne vis pas mes coéquipiers pendant ce laps de temps. Je ne reçus d'ailleurs aucun appel de leur part, ce qui entérina notre différend. Le manoir avait l'allure d'une forteresse en état de siège et je devais préparer ma défense pour résister aux pressions extérieures des semaines durant. On n'en attendait pas moins d'un « ancien donjon ». Mon père se plaisait à le répéter. Mais ce n'étaient que des légendes, aucune preuve ne l'attestait.

Après mon dernier portrait, intitulé *Les Clématites*, je passai le plus clair de mon temps à farfouiller dans les chambres. Au milieu de bibelots enfouis sous des strates de poussières brunes, je tombai sur un manuscrit de mon père.

« Mercredi, temps clair, 6 h 10

Le dénommé Archibald Mauer, âgé de vingt et un ans, habitant chez sa mère adoptive au galetas de l'ancienne bâtisse Amblin, est condamné par la justice de l'Administration pour avoir, un an avant son jugement, dans un champ, assommé et étranglé la petite Bérénice Lupilo, douze ans, fille d'honorables meuniers, après lui avoir fait subir d'abominables sévices. Il piétina ensuite le visage de sa victime.

Le corps fut retrouvé le lendemain midi, après une grande battue. Les gens du pays désignèrent aussitôt Mauer, dont la réputation et le comportement violent étaient connus. Les miliciens l'arrêtèrent dans sa chambre, ensanglanté, le butor avait tenté de s'ouvrir les veines de l'avant-bras avec une paire de ciseaux, mais s'était raté. On lui mit les fers, il avoua tout et indiqua l'endroit où il avait laissé le cadavre de la petite fille.

Le jour de son allégement, les miliciens qui l'escortaient eurent un mal de tous les diables pour le protéger de la population du pays, venue en nombre pour rendre justice.

Après le dernier viatique, Mauer avala son verre d'alcool. Soutenu par deux assistants, il franchit les soixante-quinze mètres qui séparaient l'allégeuse du Greffe. À ce moment, il se crispa et demanda à reculer :

— Je veux la voir avant. Rien qu'un instant !

Ensuite, très calme, il marcha en tremblant jusqu'à la bascule où il se laissa dompter. L'allégement se passa bien. Le corps fut donné à la morgue de l'Institut médico-légal où il servit d'expérience pour les médecins et les élèves. »

L'odeur revenait, plus oppressante que jamais. Heureusement, j'avais trouvé un ancien pot de camphre dans le cellier. J'en appliquai une grosse quantité sur du coton que je me fourrai profondément dans le nez. Malgré la sensation de brûlure, l'effluence très prégnante dégagée par le camphre m'aida à la supporter.

Alors que j'explorais les placards de la garde-robe du premier étage, quelqu'un frappa à la porte d'entrée. Le son du heurtoir me fit sursauter. Agacé, je déboulai au rez-de-chaussée.

— Monsieur Drascher !

— Frings ? Qu'est-ce que vous fichez ici ? Je pensais que c'était encore un de ces emmerdeurs.

Il rajusta sa cravate.

— Je viens aux nouvelles. Vous… vous allez bien ?

— Je vais très bien, monsieur Frings, et vous ?

— Bien. Qu'avez-vous à votre nez ?

— Ah ça, dis-je en le palpant, je saigne du nez en ce moment. Le soleil, vous comprenez.

Frings leva les yeux. Pas de chance pour mon excuse, hauts dans le ciel, des nuages bleu-gris recouvraient un soleil qui ressemblait davantage à la lune.

— L'essentiel, c'est que vous vous portiez bien, monsieur Drascher. Je venais pour vous indiquer deux ou trois choses. Pour le futur allégement notamment.

— C'est le travail de mes assistants.

— Justement, ils ne veulent plus… Enfin comment vous dire… ils veulent prendre un peu de distance avec vous.

— Ah… Bon, eh bien qu'ils le fassent. Ils peuvent s'éloigner ainsi ?

— Ils ont déposé un recours. Une procédure d'éloignement qui sera étudiée par l'Administration. Mais peu de chance qu'elle aboutisse. Avec M. Dorval, nous avons bon espoir que votre équipe et vous allez vous rabibocher. Je ne suis pas venu pour ça. Je suis venu pour les prochaines directives.

— Dites-moi.

— Nous serions mieux à l'intérieur pour en discuter.

Frings regardait par-dessus mon épaule pour voir

ce qui se tramait chez moi. Il trépignait d'impatience, curieux de savoir ce que possédait un allégeur. Mais il était hors de question qu'il rentre.

— Non, je suis en plein ménage, répondis-je sèchement, l'endroit n'est pas présentable, regardez mes bras.

Frings suivit des yeux les gros flocons de poussière qui chutaient de mes poignets et essuya par réflexe l'intégralité de son ensemble trois-pièces. Sa volonté de conserver un costume immaculé eut raison de sa curiosité.

— Bon, ça ira, monsieur Drascher. En ce qui concerne les directives, je vous informe que vous ne serez plus tenu au courant à l'avance de qui vous allégerez. Les dossiers des jugés seront désormais confidentiels, pour vous et pour la presse. Suite à l'incident, l'Administration considère que le contexte particulier entourant le dernier allégé a pu avoir un impact négatif sur vos procédures.

— Bien. Quoi d'autre ?

— Toujours soucieuse et garante de l'anonymat, l'Administration exige que les futurs allégés soient cagoulés et bâillonnés dans la plus stricte confidentialité, en équipe réduite, dès la maison d'arrêt.

— Cela veut dire que nous ne verrons plus leur visage ?

— C'est cela.

— Mais un sac sur la tête va compliquer notre travail, dis-je.

— L'Administration témoigne de sa confiance en vos compétences. Nous sommes persuadés que vous arriverez à vous débrouiller.

— Il faut juste que la cagoule ne se déchire pas lorsque

nous la tirerons, et qu'elle arrive au ras de la nuque pour laisser suffisamment de place… Et qu'elle ne soit pas trop serrée pour ne pas étrangler l'allégé.

— Rassurez-vous, monsieur Drascher, soupira Frings, nous avons déjà mis au point une cagoule avec M. Baramonte. Il a soumis plusieurs matières à ses techniques de calligraphe.

— Mingus ? Et sans m'avertir ?

— Vous demeurez injoignable. Et votre équipe avait besoin d'être sans vous. Nous espérons d'ailleurs que vous mettrez de côté vos querelles pour conduire sereinement le prochain allégement.

— Quand est-ce ?

— Samedi matin, cinq heures. Ah oui ! Dernière chose avant de vous quitter. Il y aura un discours à lire avant chaque allégement. L'Administration souhaite apporter un peu plus de déontologie, un peu plus d'éthique à votre procédure.

— Quel genre de message ? demandai-je, incrédule.

— Trois fois rien. Ne vous en faites pas, ce sera M. Sedi qui s'en chargera.

Le chauffeur de Frings engagea sans bruit la voiture devant mon portail. Tandis que la vapeur au-dessus de la tête de Frings s'éloignait en direction du véhicule, une grosse plaque de givre craqua sous ses pieds.

— Eh monsieur Frings, criai-je, faites attention à ne pas piétiner les campanules !

Il se tourna péniblement vers moi.

— Quelles campanules ?

Chapitre XXII

Un marchand d'articles aussi spécialisé fut très compliqué à débusquer. Avant d'arriver à l'endroit indiqué, j'empruntai un étroit sentier pas encore goudronné. Les graviers crépitaient sous mes pneus.

La boutique, faite de rondins, se cachait au beau milieu d'une minuscule clairière, derrière une forêt dense. La cime des épicéas géants creusait le ciel et plongeait le chalet dans une troublante obscurité. Il était midi moins le quart et il faisait toujours nuit.

Le gérant de l'armurerie me dominait d'une tête. Il portait un foulard sur le crâne et une moustache grise en forme de fer à cheval. Très souriant au départ, il perdit un peu d'élasticité dans son sourire lorsque je lui exposai ma requête. J'entrebâillai l'ouverture de mon sac de sport afin qu'il aperçoive les billets à l'intérieur, il me dit de patienter jusqu'à ce que le dernier client parte. Le gérant n'avait pas d'employés, je dus attendre qu'il verrouille son magasin. Puis, il s'éclipsa dans l'arrière-boutique. Le silence rythmé par le craquement des rondins prit fin lorsqu'il laissa tomber une énorme caisse en bois sur le comptoir. « Il est vieux mais en parfait état », expliqua le gérant. Le métal brillant parut neuf, il n'avait pas été utilisé depuis au moins une trentaine d'années. Je le trouvai parfait. Les réservoirs qui contenaient les liquides inflammables étaient larges et solides, la buse et la gâchette avaient été usinées dans un acier de grande qualité.

— Cela va servir à quoi ? s'inquiéta le gérant en caressant les billets extirpés du sac.

— J'ai un important désherbage à faire.

Hier, je m'étais achoppé le pied dans une racine et m'étais étalé sur le sol de tout mon long. Jusque-là rien de très surprenant, sauf que cette racine était au beau milieu de mon salon. Des lierres grimpants enserraient mon manoir aussi fortement que les serres d'un aigle et s'infiltraient un peu partout. Dans un accès de rage, j'avais passé une journée entière à les arracher à mains nues, les couper et les trancher. Les feuilles, brindilles et branches volaient dans tout le jardin sous la cadence frénétique de mes coups de hache. Le lendemain, tout avait repoussé. Le lierre, dans une ultime provocation végétale, s'était même passementé de nouvelles petites fleurs pourpres.

Mon pied conservait encore les stigmates de ma chute. Pourtant, lorsque j'inspectai les murs intérieurs et extérieurs du manoir, le lierre avait mystérieusement disparu. Je m'étais pourtant préparé. J'avais rempli d'essence les réservoirs de mon lance-flammes, prêt à en découdre avec ces foutues lianes.

Je le rangeai, prenant subitement conscience du désastre que j'allais causer. Je n'étais pas un pyromane. J'hallucinais et c'était à ne rien y comprendre. J'avais juré, il y a deux jours, avoir aperçu à côté du portail une titanesque dionée attrape-mouche en train de gober un gros lézard vert. En plus de l'odeur, je voyais de plus en plus de phénomènes de ce genre, avec des plantes toutes aussi bizarres les unes que les autres. Certaines m'étaient inconnues. Je cherchais les espèces rampantes dans mon livre de botanique, mais lassé par l'exercice je le jetai dans un coin. Il me faudrait plutôt un manuel sur les maladies mentales. Je vrillais, je débloquais complètement. J'avais besoin de conseils ou de médicaments. De comprendre ce qui m'arrivait. Alma m'aurait rassuré, elle avait toujours eu la force de trouver les bons mots au bon moment, l'intelligence du timing. Elle saurait m'apaiser, elle savait le faire avec son frère.

Je n'avais rien à voir avec les fous, ceux qui se confiaient aux murs, qui se parlaient à eux-mêmes et qui hurlaient dans la rue tels de foutus animaux blessés.

Chapitre XXIII

Comme les hallucinations se multipliaient, je décidai à contrecœur d'aller voir un spécialiste. Je n'avais quand même pas eu le courage de solliciter un vrai médecin, mais il était susceptible de m'aider à trouver des réponses. J'avais rendez-vous à dix heures et quart. Le psychologue, M. Inss, recevait les patients chez lui.

Sa grande bicoque, grinçante et tordue, était plantée tout en haut d'une colline. Pour se rendre là-bas, il fallait emprunter des rues en pente raide. Les piétons courageux affrontaient la gravité pendant leur périple. Ils rétropédalaient, effectuant deux pas en avant et vingt-cinq en arrière. J'étais fatigué et j'avais pris mon auto. Je fus content de ce choix lorsque sur le trajet il se mit à pleuvoir. La demeure du thérapeute avait été luxueuse, comme le manoir, et elle était maintenant marquée par le temps. Je sonnai. M. Inss m'accueillit sur le seuil de sa porte, un café dans la main. Chauve, il portait un bonnet sans bord et sa longue barbe blanche pendait jusqu'à son nombril. Il était vêtu d'un épais cardigan qu'il portait par-dessus une chemise grise boutonnée jusqu'au cou.

J'entrai dans son salon.

— Nous ferons l'entretien ici, cela vous convient, monsieur Drascher ?

— Peu importe, dis-je.

La pièce circulaire était en bazar, des bouquins et des feuilles de papier traînaient un peu partout. Une pile de dossiers était sur le point de dégringoler d'une table ronde au centre. Des tabourets, des chaises et des fauteuils meublaient l'endroit et étaient tous encombrés de documents sur la psychologie. Dans un coin de l'une des deux fenêtres du fond, un chat gras et paresseux roupillait, bercé par la pluie, allongé sur le canapé élimé.

Il esquissa un sourire immaculé et m'invita à m'asseoir dans l'un de ses confortables fauteuils en daim après avoir enlevé une pile de magazines. Des plaids en fausse fourrure garnissaient la moitié de ses sièges.

— Voulez-vous un thé ? Un café ? Une infusion, monsieur Drascher ? proposa-t-il de manière obséquieuse.

— Un thé ira, merci.

— Vert, noir ?

— Noir.

— J'en ai un excellent parfumé à la bergamote si vous le souhaitez, m'annonça-t-il chaleureusement.

— Bon, je vais l'essayer alors. Merci monsieur.

Il disparut dans la pièce d'à côté. La cuisine, séparée par une porte aux vitraux colorés grande ouverte, était attenante au salon. Le thérapeute revint cinq minutes plus tard avec une tasse fumante, qu'il posa sur un tabouret à côté de moi.

— Attention, c'est chaud.

Je décelai une merde de chat liquide sous le tabouret. Le félin qui ne bougeait toujours pas était le vrai maître des lieux. Le psychologue s'empara d'un carnet qui traînait sur le sol et me considéra en silence. Il gratta la date de l'entretien avant de commencer.

— Je vous écoute, monsieur Drascher, que vous arrive-t-il ?

— Je perçois des choses que je suis le seul à percevoir.

— Vous avez des hallucinations visuelles ?

— Oui.

— Et vous entendez des choses ?

— Non, monsieur Inss, je n'entends rien de particulier.

— Prenez-vous des toxiques ?

— Des … ?

— De la drogue pardon, comme de l'alcool par exemple ?

J'hésitai longuement.

— Non, je ne bois qu'occasionnellement, mentis-je.

— Vous n'avez pas de troubles neurologiques ?

— Non, pas à ma connaissance.

— Vous avez des antécédents familiaux ?

— Ma mère était dépressive.

— Je vois…

— Est-ce que cela a une réelle importance ?

— Dans votre cas je ne sais pas, mais ça peut avoir une incidence, en effet.

— Pourquoi vous ne me demandez pas le sujet de mes hallucinations plutôt ?

— J'allais y venir, monsieur Drascher, je voulais simplement m'assurer d'autres choses. Que voyez-vous ?

— Des plantes, des plantes qui poussent partout, dans des endroits inhabituels.

— Quel genre d'endroit ?

— Dans des murs, par terre, sur le sol de mon salon, dans des personnes que j'accompagne…

— Des personnes que vous accompagnez ?

— Vous connaissez ma profession, je suppose, monsieur Inss ?

— Oui, je sais qui vous êtes et ce que vous faites, les journaux ne vous ont pas épargné ces derniers temps.

Je bus une gorgée de mon thé, il était encore brûlant.

— Je vois des plantes pousser sur leur corps.

— Quand ils sont encore en vie ?

— Non.

— Elles poussent où ?

— Elles jaillissent des cous tranchés, dans le sang, ça s'est exacerbé depuis l'incident dont parlent les médias.

Le psychologue gratouilla sa barbe d'ermite.

— Quand est-ce que ces hallucinations ont débuté ?

— Difficile à dire… Je dirais peu de temps après avoir commencé les allégements en Métropole. La première vision était une glycine noire au-dessus de ma véranda.

— Décrivez-moi cette glycine.

— Noire, grande, pendue dans le vide. Elle ressemblait à une grande chevelure.

—D'accord.

— Avez-vous une idée de ce que c'est ?

— Non aucune.

— Vraiment pas ? demandai-je avec déception.

— Non, je réitère ma première question, êtes-vous bien sûr que vous ne prenez pas de toxiques ?

— Bon… Je bois beaucoup en ce moment.

Il me regarda avec circonspection.

— Vous vous anxiolysez, une stratégie d'apaisement pour atténuer la période de stress que vous traversez. Ces hallucinations doivent découler de ce stress et d'une alcoolisation massive. Vous faites un métier difficile.

— Je ne picole pas pour apaiser mon stress, je bois pour diminuer l'intensité de l'odeur, rétorquai-je.

— Quelle odeur ? Le psychologue arrêta de griffonner sur son carnet.

— Une odeur permanente de cadavre que je suis le seul à sentir.

— Vous ne m'en avez pas parlé, monsieur Drascher.

— Vous m'avez demandé si je voyais et si j'entendais des choses. Vous m'avez interrogé sur mes visions. À aucun moment, vous m'avez posé des questions sur ce que je sentais.

Le psychologue blêmit. Il se leva d'un bond et revint avec un gros bouquin. Il l'ouvrit vers la fin et apposa le plat de la main sur la page afin de ne pas la perdre.

— Avez-vous déjà eu des personnes dans votre famille qui ont souffert de ce type de phénomène, les plantes avec les odeurs ? Les hallucinations olfactives ne sont pas monnaie courante.

— J'ai déjà entendu parler de bizarreries qui seraient arrivées à l'abave Drascher, à l'époque.

— À qui ?

— Pardon, à mon arrière-grand-père, repris-je.

— Avez-vous déjà entendu parler de l'« Émanation » ?

— Non, jamais, de quoi s'agit-il ?

— C'est un processus rarissime. La seule documentation que nous possédons à son sujet, ce sont des observations cliniques faites sur des miliciens partis dans les colonies.

— Vous voulez parler d'un traumatisme ?

— C'est plus complexe que cela.

— Qu'est-ce que c'est ?

— Une forme de syndrome de culpabilité, monsieur Drascher.

Chapitre XXIV

— Alors bien marié ?

Je questionnai Mingus avec mon ton le plus sarcastique et sa bouche se déforma en un sourire pervers.

— Ouais, c'était super, vous avez eu un léger contretemps à ce que j'ai cru comprendre.

Il appelait ça un « contretemps » ? Il se foutait de ma gueule et je voulus le charger. Mais c'était inutile, autant chasser un rhinocéros avec une tapette à mouche. D'un autre côté, j'admirais Mingus, tout glissait sur lui. Comme rien n'avait d'emprise, autant ne pas répondre. C'était une sorte de rocher, il en équivalait la dureté et l'intelligence. Mingus était le seul des gars à me parler et il ne lâchait tout au plus que dix mots dans toute une journée. J'avais hâte d'en finir, de m'enfuir d'ici. Loin de tous ces lâches qui font des procédures à mon encontre. Ils me jugeaient avec leurs airs hypocrites. J'avais troqué mon costume taché d'huile rouge avec la redingote de mon père et ils me prenaient pour un zinzin. Je la débusquai sur un valet muet abandonné au fond d'une penderie. Elle m'allait parfaitement. Même s'il était toujours un peu particulier de porter les fringues de son paternel. Ce matin, en descendant de mon engin, un type du palais de Justice se trompa et m'appela Maximilien.

— Vous faites erreur, dis-je.

— Comment ça ?

— Maximilien, c'était mon père !

— Mais je n'ai jamais dit ça, et c'est qui Maximilien ?

Soit il faisait l'innocent, soit j'hallucinais encore.

Il pleuvait des cordes. Dans la cour, le jugé était anonyme et cagoulé. Nous n'assistions plus au Greffe. L'escorte du condamné se chargeait de lui faire prendre le schnaps et les cigarettes. Frank arracha le col du futur allégé. Il avait deux montagnes à la place des trapèzes. Hormis le fait qu'il soit petit et trapu, il tenait tout du buffle. Son dos supporterait deux charrues. Nous l'amenâmes rapidement à l'allégeuse, la matière de la cagoule absorbait toute la flotte et il suffoquait derrière son bâillon. Frank se fit aider d'Alan pour le placer sur la bascule. Je m'installai au niveau du déclencheur. Mingus détacha deux cordelettes fixées à la cagoule et les tira vers lui pour exposer au maximum la nuque du taureau. Je le vis s'employer, contracter ses immenses biceps. On entendit les gémissements du condamné. Alan se racla la gorge et lut le mot à haute voix.

« L'Administration, dans son ultime commisération, vous adjure de trouver dans l'autre monde l'accalmie nécessaire aux braves. Puisse, maintenant, le salvifique aiguisant alléger vos tourments. »

Qu'est-ce que cela voulait dire ? pensai-je, nous

aurions dit que Jimbaud l'avait rédigé. Mingus me fit signe et le bœuf se sépara dans deux paniers débarrassés par des assainisseurs assermentés. Ils se pressèrent de sortir à petite foulée avec les bras chargés de viande. On aurait dit des fourmis qui ne désiraient pas partager leur butin avec les cafards.

« Faites-en un ragoût ! » leur balançai-je. Ma voix résonna dans la cour. Les gens se figèrent, momifiés. Lagons bleus avait dorénavant des yeux saumâtres et n'avait plus rien d'attirant. Le fond de l'air était lourd. Ils me fixaient, dégoulinants de pluie, leurs visages laids comme de la glaire.

Chapitre XXV

« Vacances de février, un vendredi. Alma et moi avions treize ans, Ruben, lui, en avait onze. Il était impatient. Il partait avec sa sœur et ses parents dans un parc d'attractions. Il nous l'avait rabâché toute la semaine. Je lui avais dit qu'il nous saoulait avec son séjour et nous avions failli en venir aux mains. Pour nous réconcilier, je proposai de prendre Alma et lui en photo devant leur piscine. Ruben mit une casquette à l'effigie des mascottes du parc.

Les Van Verdriet devaient partir le week-end, du vendredi au lundi. Ils furent de retour dès le samedi soir. Arrivée au collège, Alma accourut vers moi effarée. Elle sanglotait. "Ruben est hospitalisé ! Ils l'ont emmené dans une maison spéciale !" cria-t-elle.

C'était la première fois que je voyais Alma dans cet état. Son énergie la quitta en un instant. En un jour, elle prit quelques années. Dès lors, je ne côtoyais plus le visage d'une fillette, mais celui de la jeune femme qu'elle serait. »

La peinture éclaboussait encore mes doigts lorsque sa voix résonna dans la messagerie. Son message succédait à celui de Frings qui m'annonçait que le prochain allégement serait dans un mois. J'entendais la voix d'Alma pour la première fois depuis la fin de l'été. J'éprouvais du ressentiment et de la colère. Je voulais exploser mon cellulaire par terre ou contre un mur, mais mes phalanges sclérosées se cramponnaient à lui, comme s'il s'agissait d'un organe vital et fragile. De toutes les reliques du manoir, cet objet qui grésillait dans la paume de ma main peinturlurée était ce que je détenais de plus précieux.

Elle disait qu'elle s'excusait de ne pas avoir été présente à l'enterrement de ma mère, qu'elle était bien dans son pays exotique et… qu'il fallait que je pense à l'anniversaire de Ruben. Je réécoutai le message afin d'être sûr : « Malgré mon absence, est-ce que tu peux faire un petit geste pour l'anniversaire de Ruben ? Ça lui ferait très plaisir. »

L'anniversaire de Ruben, et quoi encore ? Elle s'exilait à l'autre bout de la terre avec son jules, elle était injoignable, je n'avais pas de nouvelles et je devais organiser un goûter d'anniversaire pour son petit frère ? En plus, je ne crois pas le lui avoir souhaité une seule fois en quinze ans, à Ruben.

Le toupet caractérisait Alma depuis toujours. Mais je sentais que cette fois il y avait autre chose. Culpabilisait-elle d'être partie, d'avoir laissé son frère seul sans personne ? Peut-être aussi que Ruben servait de prétexte pour que nous nous réconcilions, elle et moi. J'étais son seul ami sincère. Nous ne nous voyions pas seulement lorsque tout allait bien ou pendant des moments festifs. Dans une vraie relation d'amitié, il fallait accepter les contraintes de l'autre, tisser un lien outrepassant ses défauts. Personne dans son riche entourage ne se mobiliserait pour Ruben. Il était trop tout. Trop gentil, trop méchant, trop imprévisible, trop franc, trop attentionné, trop violent. Le trop effrayait. Ruben n'avait pas de barrières. L'authenticité aussi faisait peur, surtout lorsqu'elle était une réalité vive au royaume des apparences.

Une fois la colère passée, je me sentis investi par cette mission. Elle crevait d'inquiétude pour son frère. Se rongeait les sangs loin de moi. Elle confiait à ma personne, son ami de longue date, le soin de prendre le relais. Pourtant ces derniers mois, j'avais l'intime conviction que là où elle résidait, dans une civilisation aux antipodes de la nôtre, les gens étaient moins étrangers pour elle que je ne l'étais devenu.

Je n'avais plus de camphre et, pour ne pas être foudroyé par l'Émanation, je me trimballais avec des boules de naphtaline que j'inhalais de temps à autre. En plus de me détourner un instant de l'odeur, la naphtaline me procurait un vertige léger qui n'était pas désagréable. Je préférais cette méthode-là à celle proposée par M. Inss, le psychologue. Il me conseilla un confrère psychiatre pour un traitement, sûrement à base de neuroleptiques. Je déclinai pour ne pas finir hébété, le menton baveux.

J'avais recherché le numéro de Ruben en pensant l'avoir, mais il me fallut une investigation longue et éreintante pour me rendre à l'évidence. Je regrettais de ne pas avoir pris son numéro lors de l'enterrement. J'écoutai et réécoutai les messages sur mon répondeur, il conservait des instructions de Frings, des insultes de Frank bourré, des gémissements de Leyna mais aucun signe de Ruben. Dépité, je me rendis contre mon gré en centre-ville. Maintenant qu'il avait rendu son appartement, il ne serait pas aisé de le trouver. Je songeais à arpenter les endroits où il avait l'habitude de zoner.

J'y allai incognito. J'enfilai un bonnet et mon écharpe me couvrait la moitié du visage. Sur place, personne hormis un purotin qui effectuait la manche devant la vitrine d'un magasin. Difficile de lui donner un âge. Entre trente et quarante-cinq ans, je dirais. Il façonnait des cendriers avec des restes de cannette de bière en aluminium et récupérait les capsules pour confectionner des bracelets. Il était doué. Je me baissai pour me mettre à sa hauteur, de façon à ne pas l'inférioriser.

— Excusez-moi, dis-je, je recherche quelqu'un.

— Salut, t'aurais pas un brin de monnaie ?

J'avais prévu le coup et déposai des pièces dans son godet et il me remercia avec un grand sourire édenté.

— Je recherche un mec qui traîne ici de temps en temps.

— T'es qui ? dit-il d'un ton sec.

— Un ami à lui. Enfin c'est le frère d'une amie à moi.

— Comment il s'appelle ?

— Ruben.

— J'vois pas, désolé, mec.

— C'est un jeune d'à peu près mon âge, il met des bobs souvent, insistai-je.

— Ah, ah, mais tu parles de Bentou !
— Je ne sais pas… sûrement.
— Mais si, il traîne avec Pollux, Staniche et Tetel.
— Ah oui c'est ça, me rappelai-je. Est-ce que vous savez où je peux les trouver ?

Ses yeux déjà bien lourds de fatigue rapetissèrent jusqu'à devenir des fentes de tirelire.

— Tu vas pas leur causer de problème ? T'es pas de la milice ?
— Non, je cherche juste Ruben. Enfin Bentou. Sa sœur est inquiète. Vous avez mangé au fait ? Je vais vous chercher un truc.
— Pas la peine, frérot, j'ai un vieux qui m'a dépanné d'un sandwich. Je l'ai même pas fini, c'est dur à mâcher.
— Ah sympa quand même, fis-je.
— Ouais, on tombe sur des gens bien, des fois… Bon, Staniche et Tetel, ils crèchent dans un squat derrière le cinéma. C'est un endroit bonnard, ça ne doit pas se savoir. Si tu les trouves, tu leur dis pas que c'est moi qui l'ai dit.
— Ça marche.
— J'ai ta parole ?

Je mimai une fermeture éclair au niveau de ma bouche.

— Vous avez ma parole. De toute façon, je ne sais même pas votre nom.
— Hans, et toi ?
— Jonas, mentis-je.

Le squat ne fut pas compliqué à trouver. Il se situait dans un vieil immeuble, au bout d'une ruelle tout aussi vieille. Une zone qui serait bientôt rasée pour faire place à des bureaux. Je hurlai devant la porte cochère afin de m'annoncer, mais personne ne répondit. La moitié des fenêtres ne détenaient plus de vitres et des palettes de bois obstruaient l'entrée, quelqu'un avait pissé dans un recoin du passage. Je pénétrai à l'intérieur. Il faisait sombre. L'endroit sale, jonché de journaux et de détritus, était autrefois un hôtel particulier. Dans les couloirs, des cadavres de bouteilles et des mégots s'amassaient à côté des portes. Je perçus de l'activité aux étages. Curieusement, je n'eus pas d'appréhension. Au premier, j'entrai sans frapper et fis face à deux types. L'un s'avachissait sur un matelas taché et l'autre jouait aux fléchettes. Il n'en avait que trois et l'une d'elles perdait ses plumes.

— Putain, t'es qui toi ? me lança celui sur le matelas. Je l'identifiai comme Tetel.

— Désolé, j'ai essayé de m'annoncer mais…

— Ferme ta gueule, casse-toi de là ! fit-il.

L'autre jeta par terre ses fléchettes et se tendit telle une arbalète.

— On se calme, je suis un ami de Ruben… enfin Bentou. Ils me toisèrent tous les deux et je poursuivis, on s'est déjà vus. Toi, c'est Staniche, c'est ça ? Et toi, tu dois être Tetel si je me souviens bien ?

— Ah oui, moi aussi je me rappelle, fit Staniche, t'avais un sac de sport. T'es un pote d'enfance de Bentou.

— Oui et il y avait même un iroquois avec vous la dernière fois. Avec une crête. Avec l'aide de mes mains, j'imitais une crête au-dessus de ma tête.

— Pollux !

— Oui, Pollux, fis-je.
— Pourquoi tu cherches Bentou ?
— Parce que ça fait un moment que je n'ai pas eu de ses nouvelles et ça va être son anniversaire.
— C'est bientôt son anniv' ? dit Staniche.
— Oui, je voulais lui préparer une surprise.

Tetel arbora un sourire. Il lui manquait des dents mais son sourire était beau et sincère. Il était content que quelqu'un se préoccupe de l'un des leurs.

— C'est cool pour lui, ça !

Puis Staniche regarda ses pieds et se gratta la barbe. Tetel, lui, s'enfonça dans un inquiétant mutisme.

— Qu'est-ce qu'il y a ? demandai-je.
— Ben, c'est qu'on ne sait pas où il est, Bentou.
— Ouais, il a disparu il y a deux semaines.
— Disparu ?
— Ouais… D'après les rumeurs qui circulent, il se serait fait arrêter.
— Enfin, Tetel, rien de sûr, tu sais bien que la moitié des bruits d'la rue c'est que des conneries !
— Ouais, d'accord, n'empêche que Bentou a disparu. C'est pas normal.
— Il n'est pas à l'hôpital ? dis-je
— Non, on a appelé, soupira Tetel.
— Pourquoi il aurait été arrêté ?

Staniche haussa les épaules.

— On sait pas.
— Bon, je vais vous laisser tous les deux, abrégeai-je.
— Au revoir, mec. C'est quoi ton nom déjà ?
— Émile, murmurai-je.

— Chanté, Émile, dit poliment Staniche, si jamais t'as un peu de fric à nous donner on est preneurs, ajouta-t-il.

Curieusement, je me sentais bien avec eux. Nous n'avions rien en commun pourtant, mais ils entretenaient une sorte de feu sacré. Les autres, les gens normaux, se ratatinaient remplis de cendres. Sur le seuil de la porte, je leur demandai :

— Les gars, ça vous intéresse des affaires ? J'ai plein d'objets à filer.

Je déposai encore des messages sur la boîte vocale de l'hôtel d'Alma. Elle avait conclu son message par un numéro étrange. Cette suite de chiffres était le seul canal pour que ma voix atteigne ses oreilles. Je lui expliquai que Ruben avait disparu, mais sans pour autant l'alarmer. Alma écouterait quand elle pourrait. Je désirai qu'elle me rappelle encore et si possible tout de suite. Ses paroles graves étaient une haleine chaude dans le creux de mon cou.

Ma voiture était pleine à craquer. L'essentiel était à mon père. J'en étais à mon troisième voyage. Staniche et Tetel me virent débarquer dans le squat, les bras chargés de fringues et d'accessoires. Mon père collectionnait toutes sortes d'épées et de montres. Les yeux écarquillés, ils pincèrent du bout de leurs ongles gris ces babioles issues d'un autre monde. La plupart étaient des cadeaux offerts à ma famille par l'Administration. Staniche et Tetel insistèrent pour que je poursuive mes déménagements. Ils appréciaient ma compagnie et j'avais carte blanche pour apporter les derniers objets dans le squat pendant le temps de leur absence.

Ils relevèrent le matelas et le posèrent en équilibre contre un mur afin de gagner de la place. Au milieu de la pièce se tenait un de leurs congénères, trapu, au regard vert clair. Il enfilait différents chapeaux de la milice. Certains dataient du siècle dernier. Il agitait un miroir dans tous les angles avec sa main droite pour regarder l'effet qu'il faisait. Dans l'autre, il serrait une cannette de bière forte qu'il déposait sur le sol le temps de changer de képi. Son pied manquait à chaque fois de frôler la bière et d'en répandre sur le ciment. Il tourna ses yeux verts et sa gueule rouge vers moi. Il avait déjà bu en une matinée toute sa manche d'hier.

— C'est toi, Émile ?

Des postillons s'évadaient au-delà de son épaisse moustache rousse pour tomber comme de la limaille à une dizaine de millimètres de moi.

— Oui. Et toi, c'est Pollux, c'est ça ? Tu as rasé ta crête ?

— Ouais. On s'est déjà vus ? Tu peux poser tes machins, là.

Il m'indiqua un petit recoin blanc à côté de la fenêtre, où une flaque de son urine encore fraîche se muait en petits ruisseaux. Une fois les affaires déposées, j'inhalai ma naphtaline.

— C'est quoi que tu sens ? fit Pollux.

— Camphre de goudron.

— Pourquoi t'en respires ?

J'haussai les épaules.

— Ça me soulage.

— Tu peux m'en passer ? Je lui tendis une boule, il se pinça la narine, inspira une grande bouffée et toussa. Nul, ton machin… Tu sais, je sais qui t'es.

— Ah oui ? dis-je.

— Les autres ne sont pas au courant.

— Pourtant je n'ai rien tenté de cacher.

— Des types comme toi se sont occupés de copains à moi. Les yeux verts de Pollux viraient au marron. Si tu reviens plus jamais ici, j'dirai rien.

— Ils finiront par savoir, tu peux garder la naphtaline.

Il broya la boule sous son pied et la poudroya. Il ramassa la substance blanche ainsi obtenue dans une feuille de papier d'aluminium qu'il tira de sa poche.

— Merci… Il y a quand même des mecs qui font des trucs pas clairs. Ceux-là, on ne va pas les pleurer, y méritent pas d'être là.

— Possible… Salut Pollux.

— Ouais, c'est ça, salut.

Chapitre XXVI

Je dénichai un haut-de-forme en déblayant le premier étage. Il m'attendait sur une table d'appoint dans la bibliothèque. Je l'avais extrait d'une malle cadenassée. Je l'examinai des soirs durant, j'essayais de comprendre sa provenance, de glaner des informations sur cet objet. Beaucoup d'heures gâchées pour un chapeau. J'avais cherché un peu partout les clefs du cadenas avant de penser à le forcer. Je m'aidai d'une barre métallique et le moraillon céda. Je soulevai le couvercle de la grosse malle dans un grincement de charnières usées. À l'intérieur, je ne vis qu'un cercle noir. Puis je distinguai un long cylindre. J'essayai de le mettre sur mon crâne mais il était trop petit. Si ma tête ne rentrait pas dedans, celle de mon père non plus. Une adresse était inscrite, dissimulée sous le cercle de visière. Elle indiquait une fabrique de chapeaux anciens qui n'était pas loin de la maison au bord de l'océan, où mon père m'amenait lorsque ma mère avait ses crises.

Il était très courant chez les allégeurs de mettre des vêtements farfelus. Il fallait se distinguer. Certains allégeurs prenaient même des cours de théâtre. Le costume était important pour la mise en scène. Je préférais un allégement sobre et rapide. Il n'y avait pas besoin de fioritures. Je me devais pour le futur allégé d'aller à l'essentiel. Mon père n'avait jamais mis de haut-de-forme et dans l'Histoire, une seule personne arborait une calotte aussi haute. La dernière fois que je l'avais vue, c'était à Zukhabar.

J'enclenchai la première puis la seconde, l'auto émit un grognement d'ogre. Il était midi, les gens s'échappaient de leur bureau pour la pause déjeuner. Au bout de trois cents mètres, je laissai un groupe de filles passer. L'une d'elles, plutôt mignonne, me remercia d'un geste de la main.

J'eus beau réécouter ma messagerie, je n'avais toujours pas de nouvelles d'Alma. À la place, Dorval et Frings me convoquaient aux Bureaux. Ils recevaient en dehors du palais de Justice lorsque l'affaire était sérieuse. Ils étaient dans une succursale de l'Administration. Le bâtiment rectangulaire et sans aspérités se détachait de la ville. Il paraissait moderne. À l'entrée, un panneau signalait sobrement les différents pôles, accompagné du labrys et de la pelta. Sur les murs, des plans de circulation avec les nombreux couloirs du bâtiment me guidèrent. Je finis par arriver à l'accueil de la direction. La dame au guichet était au téléphone et m'indiqua la salle d'attente. J'arrachai un ticket à une borne avant de m'installer. J'avais le numéro 22, j'attendis que l'on m'appelle. Une femme, la quarantaine passée, feuilletait un magazine de jardin. Elle patientait, espacée d'un siège, avec un homme affublé d'un tee-shirt rouge et jaune. Il était très élancé avec une grosse touffe de cheveux sur le sommet de la tête. Il ressemblait à un brocoli. La naphtaline me manquait et je me grattais constamment le nez, avec cette sensation que l'Émanation huilait et tapissait mes cloisons nasales. Je me mis à saigner subitement et la femme me tendit un mouchoir en papier déjà froissé. Elle avait un visage très doux. Je la remerciai et fis deux grosses boules que je calai dans mes narines. L'autre femme et le brocoli s'en allèrent après l'annonce de leur numéro. La réceptionniste se pencha, me vit seul et me prit en pitié.

— Il ne reste que vous ?
— Oui, j'ai le numéro 22, on ne m'a pas appelé.
— Vous venez voir qui ?
— MM. Dorval et Frings.

La réceptionniste devint livide.

— Vous êtes monsieur Drascher ?
— Oui.
— Pourquoi vous ne me l'avez pas dit ?
— Vous étiez au téléphone, je n'ai pas voulu vous déranger.
— Oh… Mille excuses, monsieur Drascher.
— Enfin, ce n'est pas la peine, madame.

Elle se détacha de son comptoir et s'approcha.

— Si, j'insiste, je vous accompagne tout de suite.
— Je vous remercie.
— Vous avez attendu combien de temps ?
— Une petite demi-heure.

Elle laissa échapper un juron à peine audible.

— Je suis vraiment désolée, pourriez-vous ne pas le dire à M. Dorval et à M. Frings ?

— Je ne dirai rien, chuchotai-je.

Nous traversâmes des couloirs et encore d'autres couloirs, sans croiser personne hormis des employées. Elles avaient l'air de souris de laboratoire prisonnières d'un labyrinthe dans cet immense vivarium, le vide les entourait. Elles portaient toutes le même uniforme, tailleur bleu clair moulant, chemise blanche, certaines avaient noué les cheveux en chignon. Les vêtements collaient un peu trop à leur anatomie pour respecter la bienséance administrative. Dorval devait avoir ses exigences et être à l'origine du règlement sur les tenues vestimentaires des femmes. Elle toqua à une porte et attendit docilement l'autorisation d'entrer. Elle retenait son souffle. Une voix l'appela. Le corps blanc de la réceptionniste figée dans des glaces invisibles s'activa et ouvrit la porte.

— Mons… messieurs, pardon de vous déranger. C'est votre rendez-vous, M. Drascher.

— Ah ! s'exclama Dorval en laissant tomber une tranche de tomate de son sandwich.

Dorval et Frings mangeaient. Frings avait appliqué précautionneusement des serviettes tout autour de sa poitrine pour ne pas salir son costume. Il grignotait sa salade du bout de sa fourchette, feuille par feuille. De ma position, elle semblait luire ce qui m'étonna. Frings serait bien capable de manger sa salade sans assaisonnement pour annihiler tout risque d'éclaboussure. Je l'imaginai se pendre avec sa cravate dans l'une des salles abandonnées de l'immeuble, après qu'une éclaboussure de graisse eut atterri sur son trois-pièces.

— Bonjour messieurs.

— Pouvez-vous nous laisser, Béatrice ? demanda Frings après s'être essuyé la bouche, installez-vous, monsieur Drascher. Pardonnez-nous de manger devant vous, nos obligations nous laissent peu de temps pour déjeuner.

La pièce vitrée donnait sur la ville. La vue était belle. Un grand tableau aux couleurs pourpres et noires ornait l'un des murs. Deux plantes vertes encadraient le bureau. Dorval laissa tomber son sandwich dans son assiette, il s'essuya les doigts et une ride de la gabelle émergea entre ses sourcils.

— Monsieur Frings et moi ne sommes pas très contents de vous, monsieur Drascher…

— Qu'est-ce que vous avez dans le nez ? m'interrogea Frings.

— Ce n'est rien, il s'est mis à saigner tout à l'heure.

— Vous voulez du coton ?

— Ça ira, merci.

Dorval reprit :

— Donc je disais, M. Frings et moi, nous ne sommes pas très contents de vos derniers agissements. Déjà l'allégement raté, puis les tensions avec votre équipe.

— Ça va se tasser, dis-je, ce n'est qu'une période difficile.

— J'en doute, voyez-vous… La procédure à votre encontre suit son cours, murmura Dorval.

— Suite à la réclamation faite par mes coéquipiers ? demandai-je.

— Oui.

— Je croyais que ça n'aboutirait pas !

— Normalement, mais il y a autre chose…

Frings poursuivit. Une grimace de dégoût enlaidissait son visage.

— D'après nos collaborateurs, vous avez livré des donations de l'Administration à des militants. Des personnes aux comportements… erratiques.

— Vous parlez des gars du centre-ville ? Ce ne sont que des purotins !

— Des purotins qui brandissent le poing et vilipendent les miliciens. Vous êtes à deux doigts d'être un transfuge, dit Frings.

— Enfin, c'est n'importe quoi, ils ont plus d'alcool dans la cervelle que de neurones.

— Ça ne change rien. L'Administration est furieuse. Vous êtes une de nos têtes de proue. Elle va sérieusement étudier votre dossier, soupira Dorval.

— En fait, c'est déjà fait, monsieur Drascher, continua Frings dont l'une de ses serviettes était tombée sur le bureau. Vous allez être révoqué.

— Révoqué ?

La pièce parut soudain beaucoup plus étroite, l'atmosphère bloquait ma respiration.

— Oui et c'est synonyme de mise aux arrêts, lâcha Dorval.

— Vous voulez dire que vous allez m'arrêter ?

Je suffoquai.

— Il n'est pas concevable qu'un allégeur puisse faire autre chose qu'alléger. Vous êtes un cas sans précédent pour l'Administration. Elle ne tolère pas d'écart, dit Frings d'un ton grinçant.

— Vous allez m'arrêter aujourd'hui ?

— Non. Il vous reste deux allégements à effectuer, on ne peut pas vous remplacer tout de suite, on attend le retour des colonies. Ceci dit, si les deux allégements se passent bien, l'Administration réexaminera votre cas.

— Nous vous conseillons vivement de vous ressaisir en attendant, menaça Dorval.

Frings réinstalla sa serviette sur le col de sa chemise, ses mains ne tremblaient pas. Puis, il prit un morceau de pain avec le bout de sa fourchette et le trempa dans la sauce. Les fluides restés dans le fond de l'assiette imbibèrent le pain. La mie spongieuse luisait de graisse devant ses yeux excités. Il aspira le morceau de pain dans un épouvantable bruit de succion.

Je repensai aux lubies de Frings et ce fut à mon tour d'être écœuré.

— Vous pouvez disposer, monsieur Drascher.

J'oscillais entre le renoncement et la colère. Cette dernière prit le dessus. Une fois au manoir, j'écrasai une boule de naphtaline dans un verre d'alcool bouilli et inhalai le tout. Je trouvai l'accalmie dans les vapeurs goudronneuses, puis le sommeil.

Cette semaine-là, nous reprîmes les préparatifs comme à l'accoutumée. Enfin presque, le travail s'effectuait dans un silence de cathédrale. Je parlais peu et je distillais mes directives au compte-gouttes. Chaque fois que je prononçais une phrase, Frank crachait par terre. Je ne relevais pas, préférant l'ignorer. Alan et Mingus jouaient le jeu et appliquaient à contrecœur mes remarques. Je ressentais l'hostilité d'Alan. Ma présence lui passait l'envie d'effectuer les envolées lyriques dont il détenait le secret. Ce n'était pas plus mal. Il avait les cheveux moins propres, beaucoup plus gras. Pour cette fois, mes narines étaient déjà bien occupées par une effluence tout aussi désagréable.

Quand les gars quittèrent leur poste, je poursuivis l'inspection de l'allégeuse. L'aiguisant n'avait jamais été aussi affûté. J'avais recommandé des vis pour les montants verticaux. L'une d'elles était tordue et pour limiter les risques je remplaçai le tout. Pendant que je m'affairais, Mingus et Frank fixaient mes mains pour voir si elles ne tremblaient pas. Faire le nécessaire pour que la main soit sûre était le plus dur dans ma fonction. La teinture d'opium m'aida. Tetel en avait récupéré pour moi. Heureusement, Pollux n'était pas au squat. À cause du naphtalène, je souffrais d'irritations passagères au niveau des poumons. Je ne pris qu'une petite dose de teinture pour ne pas être défoncé, mais suffisamment pour ne pas trembler. Je n'imaginais pas que l'on en trouverait encore. Les purotins faisaient preuve d'habileté pour dénicher ces produits-là.

En fin de semaine, tout le monde faisait la tête, mais nous étions plus prêts que jamais.

Il était treize heures trente. La cour se noyait sous une cascade de soleil et l'allégeuse était trempée de lumière. Elle donnait l'impression de n'avoir jamais été utilisée. Il faisait si beau que j'en oubliais presque l'Émanation.

Alan, Frank et moi étions parfaitement assortis, j'avais récupéré mon costume rayé. J'acceptais également de faire le trajet dans la même voiture qu'eux. Ils ne se firent pas prier pour passer tous les trois sur les places arrière. Juste avant de commencer, je m'absentai aux toilettes pour diluer des gouttes de laudanum dans un grand verre d'eau.

Le jugé arriva cagoulé, les bras et les pieds liés par des cordelettes. Le comité était restreint aujourd'hui. Hormis les employés du palais de Justice munis d'habilitations, il n'y avait que Frings et Diss, les subalternes. Le condamné gémit. Il avait dû se débattre pour que les miliciens le saucissonnent autant. Les liens étaient serrés si fort qu'ils rougissaient sa peau. La matière principale de la cagoule était faite de toile. J'étais persuadé que le futur allégé nous voyait à travers. Une intuition confirmée par la recrudescence du volume sonore de ses gémissements, juste après la découpe du col, au moment où nous l'approchâmes de l'allégeuse et de moi. L'Émanation me pénétra. Le pourri me barbouilla d'abord, puis me donna envie de dégueuler. Cette odeur que j'appréhendais tous les jours ne m'avait jamais été aussi insupportable. Mais je ne laissai rien transparaître. Frank sangla le jugé à la bascule, un homme d'à peu près ma taille, et lui glissa la tête dans la lunette. Alan et moi prîmes position. J'avais le levier bien en main. Mingus empoigna les ficelles de la cagoule et se mit à tirer vers lui pour agrandir la zone de la nuque. Il me fit signe.

Tout d'un coup, l'Émanation m'abandonna sans que je ne sache pourquoi et un effluve floral envahit mes narines. Il était puissant, reconnaissable entre mille, d'une fraîcheur semblable à la lavande. Je regardai vers le comité pour voir si Alma était présente, avec ses cheveux clairs et son nez cassé. Mais elle n'y était pas. Le parfum de lavande ne provenait pas du public, elle venait du jugé. Une paralysie m'emprisonna les mollets, les lombaires et la poitrine. Avant qu'elle ne gagne mes mains, j'actionnai la manette. Une main sûre. Toujours sûre. Quoi qu'il advînt.

Sur le sol et sur la bascule, du sang violet écumait et bouillonnait. Il formait des bulles de taille moyenne sur chaque surface, je me penchai et me rendis compte que des statices et de la lavande étaient en train d'éclore un peu partout. Un tapis mauve recouvrait maintenant le corps.

— Il y a de la lavande ! lâchai-je à Mingus et Alan.

— Quoi ?

— Il y en a partout ! C'est de la foutue lavande !

Chapitre XXVII

Ruben était cabossé. La vie le percutait. Sa sensibilité transformait chaque petit rien en un grand tout. Avec ses bosses, Ruben était un paysage à lui tout seul. Une myriade d'hématomes bruns, bleus et violets se juxtaposaient sur son corps. Les nuances d'une mer agitée. J'appliquais ces mêmes teintes à la surface de sa peau. Le portrait était très réaliste. Il souriait. Il me souriait. Il était si beau sous son bob. Il séchait avec les autres dans le séjour. Ils composaient une assemblée muette.

Je terminai ce dernier tableau au petit matin. Le soleil se levait tout juste. J'avais de la route à faire. Je fis le plein pour ne pas avoir à m'arrêter. Une affaire me trottait dans le crâne depuis la découverte du haut-de-forme. J'avais un cheval fou à euthanasier, je retrouverais peut-être le sommeil après. J'installai le chapeau, bien calé avec la ceinture de sécurité, sur le siège passager. Je désirais le rendre intact à son propriétaire.

Je roulai plus de trois heures en direction de l'ouest. La route défilait à la manière d'un immense tapis de course de salle de musculation. Je désertai la salle afin de ne plus côtoyer Leyna, je ne faisais plus d'exercice. Je peinais à me reconnaître dans le rétroviseur. Mon bronzage forgé à Zukhabar avait disparu totalement. J'avais la couleur d'un beurre rance, ma peau ramollissait, aussi flasque qu'une cire tiède. J'enfonçai mes doigts dans mes joues avachies, creusant à l'intérieur de minuscules cratères. Des cernes pendaient juste au-dessus comme de vieilles chaussettes.

Un liseré cyan émergeait par-delà le relief plat du paysage. Les habitations typiques de la région se dessinaient de chaque côté de la route. Elles étaient bâties avec du granit et du schiste blanc. Ici, les gens vivaient essentiellement de la pêche. Chaque génération se nourrissait de créatures gluantes et puantes extirpées de l'océan, quelle drôle de vie… Qu'à cela ne tienne, je pourrais m'habituer, j'avais déjà l'équivalent de toutes les poubelles du coin dans mon nez.

Je conduisis encore une heure jusqu'aux dernières habitations. Et après avoir dépassé la dernière baraque du dernier village, j'empruntai des chemins de terre en direction des falaises pendant une trentaine de kilomètres. L'endroit était isolé, dur à appréhender. Ici, les décors étaient identiques sur un large rayon. Seuls les autochtones parvenaient à se repérer. Avec mon père, nous nous isolions là, chaque fois que ma mère était hospitalisée. Je connaissais donc le coin par cœur.

La maison se nichait au bord d'une falaise. Je m'enfonçai au milieu des chardons et des queue-de-lièvre, ces plantes avec des tiges surmontées d'énormes boules de poils. Des « doudous » comme mon père les appelait, un nom ridicule. Je bloquai le haut-de-forme sous mon aisselle. Je fis le tour de la maison, j'utilisai une main en visière pour voir à travers une fenêtre qui donnait sur la salle à manger. Rien n'avait bougé. Le vieux fauteuil en toile de lin couleur crème, la table en bois flotté et le tableau avec les aquarelles kitsch se situaient exactement à la même place qu'il y a quinze ans. La maison était habitée, mais personne n'était présent. Un sentier menait directement sur la plage.

Je marchai de longues minutes sur le rivage dépeuplé. Je piétinais parfois des algues masquées par le sable, aussi gélatineuses que des vieux boyaux. Je grimpai la petite dune face à l'océan. Au loin, je distinguai enfin une silhouette claire qui s'agitait dans l'herbe dunaire. Je pensais à un vêtement échappé de son étendoir et balayé par le vent, mais c'était elle. Elle récoltait des plantes de plage. Elle ne me remarqua pas de prime abord, elle continuait sa cueillette, imperturbable. Puis, elle m'aperçut enfin et se redressa. Elle se tenait droite, se raidissant sur sa jambe. Je la rejoignis, ses yeux mangés par le soleil des colonies s'éclaircirent. Un beau bleu-gris. Elle appartenait à ces femmes d'âge mûr que les rides n'enlaidissaient pas. Elle revêtait une chemisette blanche et légère. Son châle voilait à peine ses seins. Ils étaient encore fermes pour son âge. Cette femme avait de l'allure. Mon regard se porta sur ses doigts, ses doigts intacts malgré les années. Elle en avait pris soin, ils ne tremblaient pas. Sa main gauche maintenait vigoureusement un bouquet de fleurs jaunes. Elle me sourit. J'avais la ferme conviction qu'elle m'avait vu et reconnu dès le moment où j'avais escaladé la dune.

— Il fait bon aujourd'hui, dit-elle en dégageant une mèche de cheveux sur ses lèvres, le vent est chaud.

— Je vous ai rapporté ça, madame Feodorac, il me semble que c'est à vous.

Je lui tendis le haut-de-forme avec déférence. Elle le souleva et essuya les grains de sable collés à la visière.

— Bon retour, Émile Drascher.

— Je ne serais pas là si je n'avais pas trouvé vos affaires chez moi. Je me suis demandé ce que ça foutait là, et puis j'ai compris.

— Je te remercie de me rapporter mon chapeau, sourit-elle.

J'enfonçai mes poings dans les poches de mon jean.

— Donc vous teniez compagnie à mon père pendant que ma mère était malade ?

— Oui.

Elle me fixait. Elle évaluait ma tronche, mes sourcils froncés, mon air fou et sauvage. J'avais le visage dur, le dos fatigué, le cœur triste. En temps normal, j'aurais craché des insultes à en fracasser les vagues. Mais elle se tenait là, sur son unique jambe, la femme aux huit cents allégements. Elle se tenait là, immobile, grande et belle. Et ses vêtements dansaient avec le sable.

— Mon père mentait tout le temps, murmurai-je.

Elle se mit à rire.

— J'arrête de te faire marcher ! Maximilien et moi, on était juste amis. Tout le monde connaissait notre amitié, ta mère, l'Administration et même toi. Mais tu as dû oublier, vous avez la mémoire courte chez les Drascher. Elle pointa du doigt le haut d'un replat derrière elle, je suis sûr que tu ne te souviens même pas de la fois où tu es tombé de la corniche et où tu t'es engravé tête la première dans le seul endroit à des kilomètres où il y a des sables mouvants. On t'a sorti de là avec ton père, un peu plus et tu étais englouti !

— J'ai quelques souvenirs… De vous aussi je crois, c'est revenu à Zukhabar. Donc vous et mon père étiez seulement amis ?

— Et toi et la petite Van Verdriet ? demanda Feodorac.

— Vous la connaissez ?

Elle se pinça les lèvres pour s'empêcher de sourire.

— Oh bon Dieu !

— Nous sommes amis. Enfin il y a eu un peu plus que de l'amitié, dis-je.

— Je sais, et ça ne m'étonne qu'à moitié, vous étiez inséparables, toi, elle et son frère cadet…

— Ruben.

— Voilà ! Plutôt instable, ce garçon.

Je voulais lui dire pour le destin de Ruben, mais je n'en eus pas le courage.

— Alors vous étiez très amie avec mon père ?

— Oui, sourit Feodorac.

Ses explications me soulagèrent. Elle déposa dans mes mains le bouquet de fleurs jaunes pour ramasser sa canne. Ils ressemblaient à des coquelicots.

— T'aimes toujours les plantes ? continua-t-elle.

— Toujours. Enfin un peu moins ces temps-ci.

— C'est du pavot cornu, tu connais sa symbolique ?

— Non.

— Il représente le souvenir. Celui de tous ceux qui sont morts au milieu d'un désert.

— Peu de monde meurt dans ces conditions, rétorquai-je.

— C'est là où tu te trompes. Le désert, ce n'est pas que des étendues de sable.

— Je ne comprends pas.

— Partout des hommes meurent entourés d'âmes sèches.

— C'est quoi le rapport avec le désert ?

— Dans ce milieu, tout conspire contre toi. Si t'es mal préparé, tu ne fais pas de vieux os. Ta seule compagnie, ce sont les vautours qui guettent au-dessus de toi. J'ai vite compris que l'absence de compassion sonnait le déclin de la race humaine. Et le désert est un endroit que les humains n'animent pas.

— Je ne suis pas d'accord. J'ai connu quelqu'un qui a creusé le désert à mains nues pour trouver de l'eau pure.

— Pour lui ?

— Pour elle et sa famille.

Elle marqua un silence.

— T'es étonnant comme garçon, mais nous ne sommes pas là pour philosopher, allez viens, suis-moi !

Feodorac claudiquait lentement avec sa canne. Elle se déplaçait devant moi. Dans son sillage, mes pieds s'enfonçaient dans le sol sableux au milieu des oyats, les roseaux des sables. Il suffisait de tendre les bras pour en effleurer certains. J'avais examiné des variétés similaires à Zukhabar. Grâce à leurs profondes racines, les dunes ne s'écroulaient pas sur les villes. Ces plantes ne se contentaient de rien et empêchaient les catastrophes. Elles étaient nobles, leurs racines à elles n'étaient pas pourries. J'ingurgitai discrètement des sucres imbibés de laudanum. L'océan se repliait et se teintait d'une lueur chaude. Feodorac posa le haut-de-forme d'une époque révolue sur sa tête. Son allure devint soudain grotesque.

Nous regagnâmes la maison après une marche laborieuse. Une fois entrée, elle se laissa tomber dans le vieux fauteuil, son allure fine s'alourdit et elle s'enfonça dedans. Dehors le vent agitait le carillon en bois flotté de ma mère. Ici, c'était son truc, à ma mère, le bois flotté. Ça et les aquarelles de bateaux à marée basse.

— Tu peux mettre les pavots là-dedans, dit Feodorac. Elle poussa une caisse au sol avec sa canne. Ses membres fatigués l'abandonnaient, elle les remuait pour ne pas s'endormir. T'as le mal, toi aussi ?

— Le mal ? Je songeais à l'Émanation. Qu'entendez-vous par là ?

— Tu sues et t'es blanc comme un linge.

— Je suis épuisé.

— Et le truc que tu avales ? C'est contre la fatigue ?

— Vous m'avez vu, madame Feodorac ?

— Oh allez ? Je t'en prie, pas de « madame », avec moi. Tu donneras de la « madame » avec tes vieilles. Appelle-moi Elisaveta ou Lisavet, si tu veux.

— D'accord… Elisaveta.

— Je suis éreintée moi aussi. Avec le sentiment permanent de devoir réparer certaines choses.

— C'est pour ça que vous avez quitté les colonies ?

Elle attrapa un tabouret pour poser son unique jambe. Sa poitrine souple et ferme se soulagea.

— Tu sais comment sont nés les allégeurs ?

— Maître Jimbaud nous a expliqué. Et un peu mon père aussi.

— Non, pas le feuilleton édulcoré que l'on sert aux enfants en cours d'histoire-géographie pour leur apprendre à aimer l'Administration. Je parle des faits.

— Alors non.

— Il y a eu la vieille guerre avec sa pénurie de personnel pour exécuter les œuvres de l'Administration. À l'époque, chaque quidam derrière son journal se disait capable de tuer un criminel, de buter le monstre si on lui filait un flingue. Comme tout le monde était motivé à faire justice, l'Administration instaura des sélections. Chaque postulant, un citoyen lambda, recevait une arme. Mais quand arriva le moment de passer à l'acte, personne n'eut assez de cran pour tuer le condamné d'une balle dans la nuque. N'ayant pas d'autres solutions, l'Administration proposa un marché aux futurs allégés, ceux qui avaient déjà du sang sur les mains. Ils offraient une libération conditionnelle pour tous les criminels qui se chargeraient des allégements. Par la suite, l'Administration inscrivit dans le droit l'héritage obligatoire de cette fonction aux descendants. Ils firent en sorte que les prochaines générations reprennent l'affaire et que le métier se transmette obligatoirement de père en fils. Comme ça pas de pénurie. Mon grand-père avait tué une personne lors d'une sordide affaire. Il avait été jugé. Il avait accepté sans hésiter et c'était devenu un des premiers allégeurs avec… ton arrière-grand-père.

— L'abave Drascher ?

— Lui-même.

— C'était un condamné avant de devenir un grand allégeur ? demandai-je.

Feodorac ne voulut pas me faire de la peine.

— Il a eu une seconde chance, c'est une personne qui a eu le courage d'accepter la fonction et de rentrer dans le rang.

— Vous êtes une traîtresse pour eux, ils vont vous retrouver.

Elle gloussa.

— Ils ne vont pas tarder.

Submergé par une soudaine mélancolie, je ressentis le besoin d'être avec mes proches. Il n'y avait jamais eu de derniers adieux pour mes parents. Ils étaient morts seuls et malades, entourés de murs impassibles.

Je désignai son tas de pavots cornus.

— Je peux vous en prendre quelques-uns, Elisaveta ?

— Prends ce qu'il te faut.

J'en prélevai une trentaine du caisson.

— Tu te laveras bien les mains, c'est toxique.

Je quittai Elisaveta Feodorac, l'amie de mon père. La légende estropiée, affalée dans son fauteuil, ne tenait plus rien du mythe.

Il était une heure moins le quart de l'après-midi. Un mal de crâne me trouait le cerveau. L'ignoble bruit du jusant persistait. L'océan continuait de se colorer en rouge cerise et l'exhalaison des algues en décomposition et des entrailles de poisson me tordirent l'estomac. Le vent charriait des chairs enfouies dans les vases noires. Je repris du laudanum, glissant des gouttes directement sous la langue, et regagnai mon auto. Je fouillai un moment les vide-poches avant de me rappeler avoir laissé mon cellulaire au manoir par crainte d'être pisté. La voiture était restée au soleil, les cuirs surchauffés de l'habitacle brûlaient. Il faisait beaucoup trop chaud pour une fin d'hiver, j'actionnai le climatiseur et quand le volant fut suffisamment refroidi, je m'éloignai de cette région à l'atmosphère empuantie.

Chapitre XXVIII

« J'avais garé ma voiture sur un parking pentu, près d'un mur, et le temps de faire une manœuvre assez délicate pour ne pas érafler la carrosserie, ma mère patientait à l'extérieur. Elle n'était pas très grande et je trouvais qu'elle avait maigri après l'enterrement de mon père. Mon regard brouillé par le contre-jour ne distinguait pas le contour de ses épaules, si bien que pendant un instant, il m'avait semblé que le corps d'un enfant remplaçait le sien. J'entrevis à travers mon pare-brise ses avant-bras qui cherchaient désespérément un objet dans son sac à main, une lettre. Elle s'assit sans un mot sur le siège du passager, elle se recroquevilla. Le silence grossit et combla tout l'espace.

Ma mère déclara la fin de mes études, après avoir lu le contenu du courrier de l'Administration qui annonçait une formation future dans les colonies. J'insultai et maudis toute ma famille. Elle me rappela combien ils m'aimaient, mais ce ne fit qu'amplifier ma colère.

Les fils d'allégeurs avaient leur destin scellé dès la naissance. J'avais éloigné ma vie et mon cœur loin du labrys et de la pelta, et à travers mes études je cultivais l'espoir naïf de faire un autre métier. Une bascule opéra à partir de ce moment de mon existence. »

Je roulais d'une traite jusqu'au cimetière. Avec la chaleur, les pavots cornus s'étaient flétris et je les balançai par la fenêtre. J'arrivai donc les mains vides au milieu des tombes. Les anges prostrés autour des columbariums, mal sculptés, s'apparentaient davantage à des pauvres diables.

Les tombes de mes parents étaient côte à côte. Je vis d'abord celle de mon père et ensuite celle de ma mère. Un amas de couleurs les chevauchait. Je pensais à des vêtements colorés, mais il s'agissait de fleurs, des tonnes de fleurs. Des cyclamens, des chrysanthèmes, des giroflées, des pâquerettes, des pensées, des œillets, des dipladénias et d'autres fleurs que je ne connaissais pas. Elles formaient un vaste océan déchaîné, des vagues jaillissaient par-dessus les stèles de mes parents, pénétraient violemment le cimetière en un raz-de-marée floral. Si je n'avais pas pour bagage l'Émanation infernale, leur parfum m'aurait arraché certainement du sol.

Je savais que j'hallucinais encore. La glycine, la lavande, les fleurs, les odeurs étaient le fruit de mon esprit. Le psychologue me l'avait dit. Ma tempête mentale produisait ces choses, ces entités invisibles pour les autres. Ces visions me harcelaient, me tourmentaient sans relâche. Je me pinçai les tempes, fermai les yeux pour les enfoncer au fond de leurs orbites, je frappai volontairement mes tibias contre le tronc d'un jeune frêne. Je comptais sur la vivacité d'une douleur pour me réveiller. Mais les plantes demeuraient. Elles s'amassèrent soudain, formant le pied d'un géant qui s'apprêtait à m'écraser. Je me mis à chanceler, j'atterris sur le dos et me cognai le crâne, du sang chaud coula sur les graviers. Ce n'était qu'une légère coupure, j'avais l'habitude d'en voir des plus grosses. Un truc tiède et visqueux s'agita sur ma plaie. Je fus surpris, je pensais à une limace échaudée, mais une gueule énorme de chauve-souris surgit au-dessus de moi. Je hurlai de peur et me relevai. Je sentis sa bave, je vis sa tête écrasée et j'eus la nausée.

— Vous n'avez rien ? me demanda le propriétaire du chien.

— Non, ça va aller…

— N'ayez pas peur de Tisi, il n'est pas méchant. Il n'a jamais mordu personne.

— C'est un carlin ?

— À moitié, il est croisé griffon.

— Je n'aime pas trop les chiens.

— Je vais l'attacher, dit le monsieur. Il accrocha une laisse à l'anneau du collier de son chien et se tourna vers les stèles de mes parents. Dites, elles sont drôlement fleuries ces tombes !

— Vous voyez les fleurs ? fis-je, désemparé.

— Comment ne pas les voir ?

Je grillai des feux rouges malgré le son furieux des klaxons. Je suffoquais. L'Émanation m'étouffait. Des fleurs, qui avait déposé ces foutues fleurs sur la tombe de mes parents ? Et en même temps, la réponse était évidente. Des dizaines de kilos de pétales, un don extravagant, les petits plats étaient dans les grands. Je roulais aussi vite que possible. J'abattis des records de vitesse. La machine dérapait, je ressentais l'usure prématurée des pneus. Je les entendais agoniser eux aussi à travers leurs crissements. Je pilai brutalement devant le portail en manquant de pulvériser la grille. Le pare-chocs eut juste une belle éraflure. Je courus, essoufflé. Ma condition physique était devenue un désastre. Le jardin en friche où chaque branchage tirait la gueule en était un aussi. Je faisais pitié sous ce soleil, devant cette ruine en forme de manoir étranglé par les lierres. Je déboulai par la porte principale, grande ouverte, et je savais déjà ce qui se tramait.

Alma était dans le séjour. Elle était de dos, statufiée par ma collection. Le campagnard, le jeune couple, l'homme aux pupilles aussi acérées que des flèches d'obsidienne et le cou de taureau grimaçaient. Ils l'entouraient en une ronde macabre.

La nuque tétanisée d'Alma s'orientait vers le jeune à la lavande. Elle reconnut le visage et les fleurs. Oh ça oui ! Bien sûr qu'elle l'avait reconnu ! Elle et Ruben avaient poussé dans la même lavanderaie. Je désirais caresser sa main rescapée, juchée au bout de son avant-bras qui pendait dans le vide, la serrer fort contre ma poitrine. Ses jambes grandes et rigides frémissaient encore.

Alma était la cathédrale de mon enfance. Je l'avais érigée ainsi, depuis tout petit, en raison de notre amitié, de l'affection que nous nous étions portée.

Elle obliqua péniblement sur le côté. Elle brûlait.

Après une catastrophe, le silence succédait généralement aux cris. Le feu de l'incendie avait déjà tout emporté. Ses yeux aussi diaphanes que des vitraux étaient brisés. Derrière, parmi les débris, il ne restait que des cendres.

Chapitre XXIX

« Alma m'exhortait à rentrer dans l'eau en me voyant prendre la température de la mer avec mon gros orteil. Elle effectuait des rotations avec ses pieds pour rester à la surface de l'eau. J'estimais la flotte à une température de vingt-quatre degrés. Elle me demanda de quelle manière je pouvais le savoir et me traita de neuneu. Je lui répondis que mon orteil était un thermomètre de pointe et je me plongeai aussitôt dans sa direction après avoir soigneusement humidifié ma nuque. Je profitai ensuite d'un instant d'inattention d'Alma pour lui envoyer une minuscule vague scélérate. Elle but la tasse, m'engueula, sortit de l'eau en furie et s'allongea en position fœtale sur sa serviette. Elle expirait par la bouche, reniflait, elle éprouvait toujours du mal à respirer par le nez depuis que son frère le lui avait cassé. En percevant ses renâclements, je culpabilisai. La meilleure chose que j'avais à faire dans ces cas-là, était de continuer à barboter dans l'eau, lui offrant un peu de paix et de solitude. Je m'excuserais plus tard de ma maladresse, je lui masserais le dos et les épaules.

Il était dix-sept heures et le soleil était encore de la taille d'un melon. Notre bataille navale dérangea mer et plage. La surface plane de l'eau plissait le front de mécontentement. Les voisins de serviette n'étaient plus si voisins. Quand tout revint à la normale, mon regard se projeta au loin et j'envisageais l'horizon comme un espace tangible. Je me sentais en mesure d'appréhender ce territoire infini et inconnu. J'avais jugé ce sentiment inattendu et légitime. Je voulus m'arroger le droit d'y aller pour explorer ce qui se situait derrière cette ligne. Alma m'accompagnerait. Elle m'épaulait en toutes circonstances, en tant qu'amie, confidente et amante.

Cette projection était inhabituelle chez nous, les Drascher. Nous savions exactement de quoi notre horizon se composait. Au pays des Drascher, les rêveries étaient tuées dans le couffin. »

Du manoir, on entendait au loin le bourdonnement des mouches. Elles s'amassaient dans la cour trop petite pour les accueillir. J'enfilai la plus belle tenue de mon père. Un costume d'apparat qu'il n'avait porté qu'une seule fois pour un gala. Le costume était taillé dans un drap bleu nuit sur lequel les couturiers de l'Administration avaient brodé d'or les insignes de notre rang. Les parements de manche et le collet étaient eux aussi dorés. Une cape sombre recouvrait le costume. Je n'apposai pas toutes les broches et médaillons qui devaient passementer la veste car trop ringards.

J'affûtai pendant deux jours la seule épée que je n'avais pas donnée aux purotins. J'avais gardé la plus solide d'entre toutes. Les pierres à aiguiser, dégotées dans la cuisine, firent l'affaire. La lame tranchait de la même façon que l'aiguisant de l'allégeuse. J'étais une nouvelle fois très fier de mon travail, de mon application lors des différents processus de la préparation de ce dernier allégement. Frings laissa des messages sur mon téléphone pour me signaler que je n'avais pas intérêt à me pointer sous peine de provoquer « l'ire » de mes camarades et de m'exposer à de graves sanctions disciplinaires. Avant de partir, je n'oubliai pas le pistolet de mon grand-père. La crosse était faite à partir de noyer. Il était lourd, mais une fois calé dans la ceinture de mon costume, il ne bougea plus. Un gros tas noir et encore fumant gisait dans le jardin. Hier, j'avais cramé toutes les toiles à l'aide du lance-flammes. Très efficace. J'avais toussé au contact des fumerolles, le visage couvert de larmes grises en suivant la volute qui montait jusqu'à la lune. Paradoxalement, elles représentaient de loin ce que j'avais respiré de plus pur ces derniers temps.

Le lierre emprisonnait le manoir et j'avais songé à le flamber avec le cracheur de feu. Mais j'abandonnai l'idée faute de carburant. De toute manière, le manoir n'en valait pas la chandelle.

Ils étaient tous là lorsque je fis irruption dans la cour. Tous ces gagne-petit qui jouaient des coudes pour ne pas en perdre une miette. Diss l'abruti, Lagons boueux, Dorval et Frings ces deux cloportes à sang froid et au cerveau de plastique. Les gars jetèrent par terre le condamné qui s'écroula en gémissant. Ils me toisèrent, éructant leur haine. Alan fut le premier à m'approcher pour me demander de faire demi-tour et d'arrêter mon cirque. Alan le poète avait toujours été le plus diplomate d'entre nous. Ses cheveux gras et sa tête de rat étaient beaucoup trop proches de moi. J'eus un haut-le-cœur et coupai court à sa pondération avec le pommeau de mon épée. L'essaim de mouches bourdonnait sous les arcades. Alan était à genoux et son nez gouttait sur le sol, de la même façon que la rosée du matin sur ses pissenlits et ses insectes. Il cracha des morves troubles avant d'émettre des couinements stridents. Ce fut au tour de Frank, Frank Vermeulen et ses deux morilles en guise d'oreilles. Tchac ! Tchac ! C'était la cueillette des champignons, son amalgame de cartilage s'écrasa sur les pavés. Il hurlait, je lui dis que de toute façon elles finiraient par tomber. Mais Frank fit preuve de robustesse et ne lâcha pas l'affaire. Il revint à la charge, épaulé par deux miliciens. Il collait sa main au trou dans sa tête et l'autre se resserrait sur la paire de ciseaux qui lui servait à couper le col des jugés. Je me délestai de l'épée pour sortir la pétoire de mon giron. Je les sommai de se détendre. Les miliciens et Frank reculèrent de plusieurs pas. Frank abandonna les ciseaux et fit preuve d'intelligence pour la première fois de sa vie. Mingus était dans sa tenue de calligraphe. Il observait tout sans bouger le petit doigt. Son sourire torve derrière la visière du scaphandre avait disparu. Il était terrifié. Les phalanges de ma main droite vibraient d'une douleur vive. J'avais dû me casser des doigts en portant le coup à Alan. Je ne le sentis pas sur le moment avec l'adrénaline.

— Cessez votre mascarade, Drascher, dit Frings, déposez les armes. Il sortait les crocs. Ses sales dents jaunes.

— N'approchez pas !

— Je doute que votre pistolet fonctionne encore, il risque de vous exploser au visage. Il tendit le bras pour que je lui donne mon arme.

— Rangez votre main, Frings, reculez et rangez-moi aussi ces vilaines dents, suceur de pisse !

— Soyez raisonnable, Émile.

Les spectateurs évacuèrent les lieux et les miliciens remplirent la cour. Eux aussi comprenaient, à l'instar de Frings, que le pistolet était trop vieux pour être utilisable et menaçant. Les miliciens manipulaient des armes tous les jours, ils faisaient la guerre et le maintien de l'ordre. Pour cela, ils avaient besoin d'outils fiables, d'un armement solide et maniable qu'ils entretenaient chaque jour à la façon d'un organe vital. Ils le savaient mieux que moi, l'objet obsolète que je serrais dans ma main gauche était inoffensif. Ils étaient des professionnels et par respect pour leur professionnalisme je n'avais pas d'autre choix que d'arrêter mon bluff.

Frings approcha encore pour que je lui remette le vieux pistolet. Une détonation retentit. L'instant suivant, son bras se replia et rejoignit l'autre main au niveau de son aine. Frings, l'homme toujours bien droit, était dorénavant cassé en deux et sa chemise d'un blanc immaculé se tachait d'une grosse empreinte épaisse et chaude. Le coton s'imbibait progressivement et ses paumes crispées étaient impuissantes face à la propagation de la souillure rouge.

Comme quoi, même les meilleurs professionnels se trompaient parfois.

Épilogue

Ils me tondirent mes derniers cheveux et m'installèrent dans le quartier le plus paisible de la maison d'arrêt. Le plus difficile fut d'être isolé des autres détenus, j'avais demandé à être avec eux au risque de me faire lyncher la première nuit. Lorsque je sortis de l'isolement, je me familiarisai avec mes codétenus et m'acclimatai rapidement aux espaces confinés. J'avais acquis l'intime conviction que le genre humain s'habituerait à terme, à n'importe quel environnement contraignant. Si j'avais été parqué dans une pièce de cinq mètres carrés au lieu des douze actuels de notre cellule, j'aurais adopté les meilleures stratégies pour rendre acceptable mon supplice. Les barreaux gros comme le pouce ont parfois un aspect réconfortant, exactement de la même manière qu'un nourrisson peut se sentir en sécurité dans son berceau.

J'allais bientôt être jugé, Frings s'en était sorti mais il devrait porter toute sa vie une poche de colostomie. En espérant qu'il n'en boulotte pas le contenu.

Les autres aussi allaient mieux, apparemment Frank avait pu être recousu. La défense m'avertit que je risquais gros à cause de mes histoires avec les purotins et Feodorac. L'Administration ne rigolait pas avec le désordre et la traîtrise. J'allais donc avoir du temps ici et je ne pouvais pas rêver mieux. Je savais exactement de quoi se composait chaque lendemain. Les autres détenus n'étaient pas désagréables. Distants au début à cause de ma fonction, ils insistaient maintenant pour que je leur raconte mes allégements.

Ma main s'était bien rétablie et l'Émanation s'évapora pour toujours. Cela provoqua en moi un intense bien-être. J'inspirais régulièrement des grandes bouffées, je humais tout ce qui m'était permis de humer. Les effluves des résines chaudes et du métal huilé qui flottaient au-dessus des établis faisaient partie de mes senteurs préférées.

À l'atelier de la prison, nous fabriquions des draps et des draps-housses pour les maisons de retraite. Une sincère convivialité animait les prisonniers de la fabrique. Ce fut d'ailleurs l'un d'eux qui m'avertit du sort de Feodorac. Il était le seul à avoir accès au journal, il composait le trio des anciens de l'atelier. Généralement, le gardien l'appelait et une fois qu'il l'avait lu, il en faisait un résumé à haute voix pour tous les travailleurs. Il déformait souvent les informations en les agrémentant de plaisanteries salaces, ce qui augmentait les railleries, le volume sonore de l'atelier et généralement la bonne humeur du groupe. Ce jour-là, il était très sérieux. Il pivota vers moi, il déplia le journal qu'il avait calé sous le bras et lut l'article de Diss et Shreder. « Feodorac s'est suicidée. »

Les miliciens venus l'arrêter l'avaient retrouvée échouée en contrebas de la maison, aussi flasque qu'une méduse séchée au milieu d'une plage. La vieille carne s'était empoisonnée avec des plantes.

Alma vint nous rendre visite à l'atelier. Enfin ce n'était pas elle, mais je me plaisais à le penser. J'étais en train de tester la fermeture éclair d'un drap-housse lorsqu'une jeune femme aux cheveux clairs franchit la porte enroulable de l'atelier et salua les matons.

Je m'immobilisai et fantasmai une discussion avec elle. Elle avait trouvé un nouveau travail, elle partait maintenant sur une île ensoleillée où la mer n'était qu'une grande piscine d'eau cristalline. Elle me dit que l'on gardait tous les deux de bons souvenirs sur cette île. J'étais d'accord avec elle. Elle s'approcha de moi et me chuchota des mots avant de m'embrasser. Je perçus, juste après, la phrase dans son entièreté, et les pages du monde ne me parurent plus aussi écornées. Elle tapota sa montre avec les ongles, son vernis partait en lambeaux. Elle me dit au revoir et je lui souhaitai bon courage. Elle tourna les talons, quitta l'atelier, traversa la grande cour. Des prisonniers entretenaient les espaces verts avec leurs cisailles. Non loin d'eux, le factotum de la maison d'arrêt s'équipait d'un coupe-boulon. J'étais entouré de plein d'outils, des nouveaux comme des anciens. D'autres outils ne servaient plus à rien. Tout le monde utilisait des outils. Je la voyais à travers les vitres, sa silhouette fusionnait de plus en plus avec l'enceinte de la maison d'arrêt. Elle marcha jusqu'au dernier mur, jusqu'à la dernière porte. Le soleil était toujours très haut et le linteau crépitait de lumière au-dessus de sa nuque. Sa nuque plongea dans l'ombre.

Je me remis aussitôt au travail, je devais tester une bonne centaine de housses avant la pause.

Molsevic, mon codétenu, m'initia aux coutumes locales. Il fallait graver son nom dans le mur avec un objet pointu. Au départ réticent d'avoir le blason Drascher associé à un établissement carcéral, je me prêtai finalement au jeu. La symbolique de ce rituel était forte pour le détenu. Il appartenait aux murs et aux moisissures le temps de son séjour, et il devait rayer son nom le jour de la sortie. Les murs ne parlaient pas, mais témoignaient. Ils avaient autant de gravures que d'êtres humains éraflés qui soupiraient à leurs pieds.

Quand le maton vint frapper à notre cellule pour m'annoncer une réévaluation de mon cas par le tribunal, je crus tout d'abord à une blague. Feodorac étant morte et Jimbaud disparu, il n'y avait plus beaucoup d'allégeurs. Ce fut ce dernier que l'on me proposait de remplacer. Je devais partir dans les colonies, dans l'épicentre de la brûlure, en échange l'Administration effaçait ma peine.

« Ils ont fait preuve de clémence pour vous », dit le magistrat avant que je sorte. Même si j'allais sortir libre et sans jugement, je pigeais bien que c'était moi qui leur accordais une faveur en acceptant. Les terres bréhaignes demeuraient les endroits les plus terribles qui soient, mais elles ne me réussissaient pas trop mal.

Aujourd'hui, jour de ma sortie, l'Administration grimaçait. Qu'il était douloureux de mettre son orgueil de côté. J'avais aperçu Molsevic, le visage entre les barreaux de mon ancienne chambre. Il contemplait, muet, mon départ. Je lui hurlai d'effacer mon nom. Sa tête de chien battu s'inclina en signe d'acquiescement.

Il aurait désormais tout le temps de gratter le ciment avec son vieux bout de verre.

Retour à Zukhabar

De l'étendue desséchée au-delà de la fameuse ligne avec le ciel, celle où se perdait l'horizon. L'horizon plein de crevasses et de dunes. Des empreintes laissées jadis par des comètes brisées. Le sable jaune et brûlant était caressé par des rayons de feu blanc. Plus près, un petit rongeur sautillait entre les pierres. Ces mêmes aspérités où se terraient toutes sortes de prédateurs. J'avais retrouvé de la squame pas loin. Quelque part un animal à sang froid achevait sa mue. Le petit rat continuait de rebondir de caillou en caillou. Lui non plus ne savait pas ce qui l'attendait.

Helmut, le calligraphe, m'arracha à mes pensées. En tête du groupe composé de mes deux autres assistants, il avait haussé la voix pour que je l'entende.

— Alors il parle de quoi ce courrier que tu as reçu, Drascher ?

— C'est la lettre d'une amie.

Ils prirent tous les trois un air interrogatif.

— Ce ne sont pas les ordres de mission que tu tiens dans ta main ?

— Non, je vous dis, c'est de mon amie Alma… Alma Van Verdriet, elle m'écrit de temps en temps pour prendre de mes nouvelles, dis-je calmement.

— Alma Van Verdriet, celle que tu as allégée en Métropole…

Tous ricanèrent.

— Tu blagues ? Je n'ai pas fait ça ?

Helmut s'approcha de moi et posa une main sur mon épaule pour me rassurer.

— Tant pis pour les ordres… Je suis content en tout cas que tu aies pu avoir ce courrier.

Helmut saisit la lettre froissée, la plia et la rangea dans la poche portefeuille de mon uniforme.

— Allez, Émile, il faut que l'on continue d'avancer, nous devons arriver à l'heure au Bastion.

Remerciements

Une aventure littéraire ne se vit jamais complétement seul.

Je souhaite ainsi remercier mon entourage qui alimente sans cesse en eau mon moulin culturel. Merci à mes parents, Félix et Graziella, mes frères, Tommy et Jérémy. Merci à Benjamin Segarra et Thomas Omerin pour leurs partages littéraires pertinents et leur savoir gargantuesque.

Je souhaite également remercier mon éditeur Fréderic Mélis, pour sa confiance, sa méticulosité et sa passion indéfectible envers le travail artistique.

Enfin un immense merci à mes deux belles-filles, Eva et Lya, qui m'ont généreusement préparé des cafés et prêté leur bureau lors de la conception de ce roman.

Les Éditions du Volcan
3 rue de l'Ancienne Cure
63450 Le Crest

Conception et réalisation graphique :

Photographie de la couverture :

Dépôt légal : février 2023
Imprimé dans la zone UE